作文超進化

朱家安、朱宥勳 著

致謝

感謝udn《鳴人堂》和readmoo《閱讀最前線》兩個網路專欄，讓朱家安有機會磨練和分析各種論說技術。

感謝作家王鼎鈞關於寫作的著作，啟蒙了朱宥勳「如何教寫作」的觀念。也感謝每一位讀者，唯有讀者的回饋才能讓作者得到鼓舞，也知所修正。

目錄 /////

知性篇／朱家安

情意篇／朱宥勳

推薦語

・陳萬益（清華大學台文所榮譽教授）

你不一定會是哲學家或小說家，從《作文超進化》這本書，卻可以循序漸進、又快又好地，學習理性和感性的寫作，自由表達與多方運用，讓你成為想要成就的人物。

・林秀珍（台南女中國文教師）

清淨寫作霧霾，讓思考大口呼吸。

基礎概念

前言：讓寫作陪你一輩子

嗨，很高興你翻開了《作文超進化》這本書，和我們一起踏上精進寫作功力的旅程。

這本書是由朱家安與朱宥勳兩名作者合寫的。朱家安是哲學普及作家，著有《哲學哲學雞蛋糕》等一系列作品；而朱宥勳則是小說家，著有長篇小說《暗影》和數種文學評論。我們將在這本書裡，把我們的寫作經驗轉化為一系列明確的技術守則，讓你可以更科學、更有效率地練習寫作。

你也許看出來了：朱家安擅長說理與論辯，朱宥勳則長於記敘與抒情，這樣的組合正是呼應了「國語文寫作能力測驗」的兩個大題。從二〇一八年開始，高中升大學的學測就將「國寫」獨立成科，並且以「一題理性、一題感性」的架構來出題。

在這本書裡，我們會各自貢獻自己擅長的部分，為你打造一份循序漸進的練功心法。這套心法總共分成三個部分、三十三個項目。每個項目都包含一個關於寫作的重要觀念，並且附上輕鬆、短小的練習題，讓你可以實際操作這些技術。

我們會在這趟旅程中向你證明：寫作並不是一種虛無縹緲的、只能依靠天才和靈感的事。你也不需要學會很多艱澀的詞彙、複雜的藝術手法。相反的，你只要知道人們如何思考、大腦如何運作，你就能把文章寫得又快又好。

我們也可以向你保證：寫作是一種傳達思想和情感的工具，因此，我們所傳授的這套方法，也絕對不會限制你的自由。相反的，我們會陪你一起使用工具，讓工具來強化你的思想、你的情感，使它更能夠說服別人、感染別人。

寫作從來不是文學家的專利，而應該是每一個現代公民都可以擁有的基本能力，就像開車、煮菜和運動一樣。我們不需要讓自己成為寫作方面的大師（就像我們不必成為賽車手、米其林名廚和職棒選手一樣），但還是可以學一點基本的寫作技術，用來告白、發ＩＧ、考試、寫企劃書、傳Line跟人吵架或者討論社會上的事情。

我們希望這本書的內容，不只是能在你考試時幫上忙，也能在你未來的生活裡發揮作用。

這是一本打算陪你一輩子的寫作書。

如果你準備好了，就請翻到下一頁。我們將從一切寫作的根源開始聊起：學著從「作者」的角度來思考事情吧。

一、作者的任務

大部分文章寫不好的人，都有一個共同的問題：他們沒有「我是作者，我正在對一群讀者說話」的意識。

你可能會說，當一名作者還需要什麼意識嗎？不是拿起筆、打打字，就自然而然成為一個作者了嗎？

很抱歉，還真的沒有那麼簡單。一名及格的作者，最基本的態度是「把讀者放在心裡」，我們會評估讀者是否聽得懂我們要說的話，也會評估他們比較喜歡怎麼樣的說話方式。如果你有機會觀察五、六歲的小孩，你會發現他們說話的方式很混亂。他們會把自己知道的事情，當成是全世界都知道的真理；當他們覺得一件事很好笑或很奇怪的時候，他們也會以為每個人都會有一樣的感覺。

大部分的人類，都會隨著年紀增長而慢慢改掉這些說話習慣。我們會學會看場合說話：面對一起打LOL的同伴，把「很雷」掛在嘴邊是沒問題的；但如果你在大學推甄的場合講出來，教授一定會滿臉問號。奇怪的是，人們在「說話」的時候知道要看場合，卻常常在「寫作」的時候忘記這一點。

所以，每當你要寫作的時候，請你先問自己一個問題：「我這篇是要寫給誰看的？」

發在ＩＧ上是對寫給一整群朋友；寫在 Line 裡則是對特定的朋友。在週記上是寫給導師看的；在作文考卷上則是寫給對閱卷老師。寫在自傳上是要讓教授認識你，所以你得多自我介紹一點；寫在班級的群組裡，如果你還自我介紹，大家會覺得很尷尬，群組會被你句點。

總而言之，文章的內容要隨著你預設的讀者而改變。因為每個人的生活經驗、思考方式和專業知識都不一樣。比如說，當你要描寫自己的某一位同學時，給導師看的版本就不用介紹這個同學念什麼學校、幾年級；但同樣要描寫這位同學給你舅舅聽的時候，就可能要從姓名、性別、年齡如此基本的資訊開始講起了。不過這也不是說，導師版和舅舅版的文章就一定截然不同——假設你的文章主旨是「這個同學對我很好」，那不管什麼版本都是可以說的，只是在進入主旨之前，你需要說明的內容會不太一樣。

而無論是哪一種讀者，他們都會被同樣的三種要素吸引，這三種要素分別是：「完整」、「具體」、「有趣」。只要能做到這三件事，基本上就可以算是好文章了。

第一個要素是「完整」。「完整」的意思是該有的資訊都有，沒有任何跳過的地方。當我們提供愈多資訊，讀者就會更清楚掌握我們想表達什麼。比如我們要跟一個沒看過「精靈寶可夢」的人介紹這個作品，說「就是有皮卡丘的那個」可能沒什麼幫助，但如果說「這是一套日本很紅的遊戲和動漫作品」，就比剛剛的說法清楚一點。

當你在寫作時，如果升起了「這個應該不用解釋吧？」的想法時，你就有可能正在跳過某些重要資訊。這種心態是文章不完整的元兇，請立刻改變寫法，告訴自己：不，我要把這個東西寫清楚。

第二個要素則是「具體」。「具體」的意思是，我們要盡量提供例子、故事或證據，來加深讀者的印象。讀者對於形容詞和概念都是沒有感覺的，看過去就會忘記。但如果你寫得夠具體，就能夠在讀者的腦中召喚出畫面。

比如我們剛剛說「精靈寶可夢是一套日本很紅的遊戲和動漫作品」，「很紅」顯然不是最具體的寫法。你再加上例子，就可以寫成：「精靈寶可夢是一套日本很紅的遊戲和動漫作品，全世界賣了好幾十億美元。就連我昨天去公園散步的時候，都看到一群阿伯在玩。」後面的段落就具體多了，我們使用了一個數據來當證據（好幾十億美元），也舉了一個例子（公園阿伯）。

而且你會發現，只要文章變得具體，你自然就不會擔心「字數不夠」的問題了。我們剛剛稍微讓句子具體化，就把文字程度從二十字提升到五十七字了，增加了快要三倍啊。如果你這時候更具體描寫公園阿伯在幹嘛的話，要讓整個段落變成兩、三百字也是輕而易舉的——而一篇作文也不過才六百字。

在「完整」和「具體」之外，好文章的第三個要素是「有趣」。每一件事情，都會有比較無聊的地方，也會有比較有趣的地方。我們要盡可能強化「有趣」之處，來讓讀者喜歡你的文章。一般來說，「有趣」跟「出乎意料」是連結在一起的，所以你在下筆前，請盡量先想出「至少一個讀者不知道的點」，那就是你文章最主要的重心了。

回到剛才「精靈寶可夢」的例子，如果你過度強調「它真的很紅」，那就會有點無聊。但是「它紅了二十二年」，那可能就比原來的說法有趣一些。「它的手遊在中老年族群很紅，熱度遠遠超過年輕族群」，這樣的點又更出乎意料了一點，因為一般的印象中，手遊應該都是年輕人在玩的。同樣的道理，你在寫其他題材時，也要盡量找尋出乎意料之處——比如描寫你最好的朋友，你寫你們「從來沒吵過架」就有點普通，但如果你寫「我們喜歡上同一個人，大吵一架之後又和好了」，這樣的故事就會又具體又有趣。

總之，你是作者，你擁有寫什麼內容的決定權。寫作跟說話最大的差別是，說話是雙向的互動，你不一定能主導談話的內容，但寫作不一樣，當讀者來讀你的文章時，就進入你的主場了。只要你掌握了「完整」、「具體」、「有趣」三個要素，你就會有很大的主場優勢，可以使讀者陷入你的文字魅力之中。

練習》

請從你的興趣裡選擇一個，並且想像一下：如何向你的父母解釋這個興趣？如何讓他們體會好玩在哪？興趣的範圍不拘，但如果可以選擇你的父母很不了解的興趣，練習效果會更好。請試著寫出三百字以內的段落，寫完後再檢視這段文字是否符合「完整、具體、有趣」的要素。

二、設定目標：給讀者一道光

想像一下，你身在一個全黑的山洞裡，什麼都看不見，也不知道身邊有什麼東西。忽然之間，你看到遠方有個光點。你會往哪裡走？

一般人都會選擇向著光前進，對吧？因為光代表了出口。即使你還是看不清楚身邊是否有危險、路是否好走，但因為你預期光點所在之處是山洞的終點，你就有足夠的動力往前走。

事實上，寫作也是這樣的。很多人的文章讓人讀不下去，關鍵就是缺乏那道「山洞口的光」。你仔細想想，這世界上有這麼多好玩的東西，讀者為什麼要看完你的文章？他幹嘛不去滑手機、玩手遊或去操場打球？若文章沒有足夠吸引力，讀者的注意力就會很容易渙散，立刻跳去做別的事情了。

所以，我們要想辦法抓住讀者的注意力。而最直接有效的方法，就是給讀者一個「目標」，就像從遠處的山洞口打一道光過來一樣。這個目標可以是理性的，比如說「證明過度節儉會阻礙經濟發展」，或者「歧視會降低社會的生產力」；這個目標也可以是感性的，比如「告訴讀者這趟旅行有多好玩」，或者「表達我失戀之後有多痛苦」。

如此一來，讀者就會願意一句一句看下去，因為他想知道你是怎麼抵達目的地的。

也許你會懷疑：真的有這麼簡單嗎？讀者真的會願意追隨我的目標嗎？

讓我來告訴你一個好壞參半的消息：大部分的人類都很盲從，你給出目標，他們很少會懷疑，真的會乖乖跟上的。所以你需要做的，就是更有自信地拋出文章的目標。

而一篇文章，只需要一個目標就好——如果望進一個山洞，發現有兩處光點，我們就不能確定讀者會往哪裡走了，所以最好一次只打一道光。很多人常常帶著錯誤的責任感，覺得寫文章必須面面俱到，每一個面向、每一個論點都要講，都要「平衡報導」。但實際上，這種寫法通常會讓文章變得很不好讀。想想看：如果今天有個朋友跑來跟你講自己失戀的故事，前五句說對方很渣，後五句又說其實渣的是自己，最後又聊起了他的童年，你聽起來會有什麼感覺？想必很快就不耐煩了吧。

所以，如果你要寫的是論說文，請你一開始就要決定一個立場。如果你要寫的是抒情文，請你一開始就要決定今天是什麼心情。你不必擔心自己是不是「不夠客觀」，因為讀者想看的是你獨特的想法，不是客觀而無聊的泛論。目標明確，就會讓讀者安心追隨你；模稜兩可則是文章的大敵，會讓讀者迷失在文字的山洞裡。

另外一個需要注意的事情是，目標越早亮出來越好。中文使用者常常會有一個習慣，就是一定要在文章開頭扯別的事情，想要製造迂迴、含蓄的效果，而不願意「開門見山」。事實上，如果你對自己的文筆沒有自信，「開門見山」絕對是最好的開場方式，至少沒人能找你麻煩、扣你分數。迂迴、含蓄確實是高段的寫作技巧，但這也意味著風險比較高，沒用好的話就會讓文章顯得散漫、囉唆。

所以，一旦你設定好文章的目標，就請乾脆俐落地在第一段告訴讀者。接著，讓文章的每個段落、每個舉例，都貫徹這個目標。比如今天要聊「畢業旅行爛透了」，那你就要想盡辦法在每一段都抱怨這次的畢業旅行，直到結尾為止。

這樣做會有很多好處。首先，讀者一路讀下來，會覺得你的主題很鮮明，文章也會變得比較協調、流暢，比較不會發生邏輯錯亂或情緒不統一的狀況。其次，每個段落本身並非無懈可擊，對著同一目標反覆寫個兩三段，也足夠加深讀者印象了。而也因為目標明確，所以下筆時就不會漫無目的地想「接下來要寫什麼呢」，而是可以集中火力，針對「畢業旅行爛透了」、「我真的超喜歡去廟裡拜拜」的文章目標來發想，大幅縮短你的思考時間。

我想不用我提醒你，你也知道在國寫考場上，「縮短思考時間」有多重要。

從今天開始，你不用再羨慕那些「倚馬可待」、「七步成詩」的作家了。他們的腦袋結構跟你沒有什麼差別，他是人類你也是，沒道理他做得到而你做不到。你缺的只是正確的方法：鎖定目標、專心朝著目標前進，其他什麼也不要管。

練習》

下面我們會列出五個關鍵字。如果你要以這五個關鍵字為題目來寫文章，你會設定什麼樣的目標？請把這些關鍵字和你的目標擴寫成一個完整的「目標句」。你可以優先選擇自己比較同意的立場、或者比較有感覺的例子。

舉例：關鍵字——→「我的同學」

目標句——→「我的同學都很搞笑」

1. 民主政治
2. 核能發電
3. 好朋友
4. 颱風夜
5. 死亡

三、畫大綱：小口小口吃，比較容易

現在，我們已經有一個「目標」了。下一步，就是開始動手寫文章。不過且慢。如果你什麼也不想，立刻提筆寫，很快就會遇到各種困難。有時候，你寫到一半就發現沒梗了，不知道該怎麼接下去。或者寫到時間快不夠了，還不知道要怎麼結尾。更詭異的是，有時候你明明就知道要寫什麼，但是現在寫到的段落就是接不過去。總之，寫作總有一千種卡關方式，很難一氣呵成。

只是發發廢文也就罷了，如果是在考場上「卡關」，那就麻煩大了。二〇一九年開始，「國寫」一科要寫知性、情意兩大題，考試時間總共九十分鐘。每一大題假設要寫六百字左右，那就是九十分鐘要寫一千兩百字。因此，到了考場上，你完全沒有時間可以浪費，一定要很順地從頭寫到尾才可以。

科學一點來看，你每分鐘能用手寫出多少別人看得懂的字，基本上是固定的。所以我們如果要加快寫作速度，只能從兩個方向來努力：

一、縮短構思時間。如果你一拿到題目，三十秒就可以決定好自己要寫什麼，當然比咬著筆桿苦思五分鐘的人有優勢。

二、減少「卡關」。只要我們能做到零卡關，就可以大幅節省作答時間，拿來檢查錯字或小幅度修整句子。

而剛好有一件事，可以同時達到這兩個效果：在動筆前，先畫大綱。

「大綱」這東西大家常常講，但是很少有人知道它真正的威力所在。畫大綱的原則很簡單，就是「把文章的『目標』拆成好幾個『話題』」。有沒有見過大人哄五歲小孩吃飯的？明明就是半碗飯，爸爸媽媽都會說「再三口就好」，吃著吃著就吃完了。半碗飯對小孩來說太多，但是拆成三口之後，每一口就都很好處理了。寫文章也是這樣的，你直接處理一個大目標很困難，但把目標拆成幾個話題之後，每次都專心對付一個，寫起來就會很輕鬆。

而每一個話題，我們都只處理一件事——它可能是一個論點、一個類別、一個例子或者一段小故事。比如你的目標是「台灣不需要核能發電」，你就可以找出幾個支持這個說法的理由，每一個理由就是一個話題。而每個話題就直接寫成一段——你看，連分段問題都解決了。

如果以大考作文六百字的規格來說，我們會建議你把文章切成二到四個話題就好。如果你覺得自己可以把每個話題都寫得很具體，那就可以少一點；如果你覺得自己比較沈默寡言，那就盡量分多一點，每個話題寫少一點。這沒有絕對的對錯，你可以從平常的練習中找尋最適合自己的方式。

等到你分塊完成，只要在文章前面加上一個「前言」、文章的最後加上一個「結語」，大綱就畫完了。如同我們在上一章所說的，「前言」就是第一段，你要在這裡告訴讀者你的「目標」。接下來，你就依序填入分好的二到四個話題，這是文章的主要內容。最後，在「結語」的地方重申你的目標：「因為上述的理由，所以我認為台灣不需要核能發電。」或者「經歷過這麼多事情之後，我們的友誼是不可能被拆散的。」

圖解起來，就是（圖一）的樣子。

你會發現，我在每個圓形的話題圈底下，又多拆了一層長方形的小話題。沒錯，如果你對自己的寫作真的很沒信心，你可以再多拆一層，每層分出兩個點。因為作文的字數上限是六百字，所以你的話題點越多，你每個話題要寫的內容就越少。

（圖一）

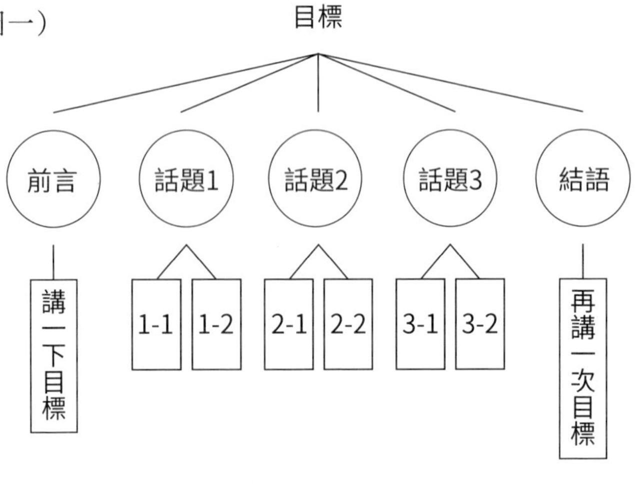

如果你只拆到圓形那層，你會有五個點要寫，平均每個點一百二十字。

但如果你拆到長方形那層，你就有八個點要寫，平均每個點剩下七十五字了。

七十五字就是寫三個造句的意思。作文很難寫，那造句總好寫一點了吧？

所以，當你拿到作文題目的時候，請立刻設定「目標」。然後，把「目標」拆成二到四個話題，必要時再把話題拆成兩個小話題，快速完成這個樹狀圖。等你完成這個樹狀圖之後，你就照著順序從左邊寫到右邊，一個話題一段，穩穩地往前寫。

如此一來，你就可以在最短時間內，完成一篇架構完整、邏輯清楚、分段也沒有問題的文章。而且中間還不會卡關，因為你永遠知道自己下一段要寫什麼。

實際上拆起來可能是（圖二）這樣的。

（圖二）

畢業旅行爛透了

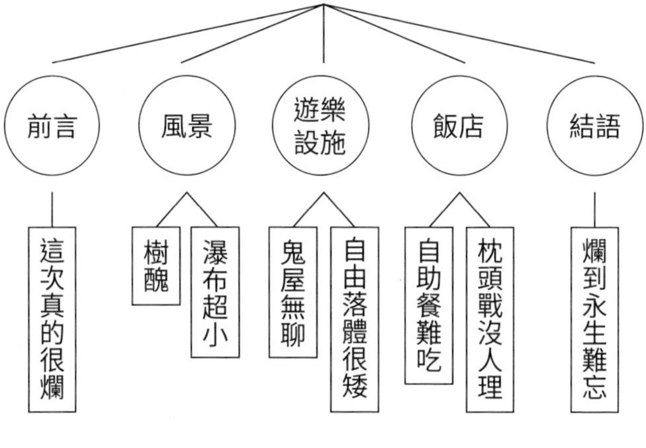

這樣是不是好寫多了？

這種畫大綱的方法除了幫你省時間以外，還有一個好處，就是練習起來很方便。我看過許多學生到了高三，很焦慮自己的作文程度，所以每週都要寫一篇作文給老師改。但寫完一整篇文章非常耗時，自己也很難確定這樣的訓練是否有效。但從現在開始，你可以抽出任何零碎時間——下課，坐公車，搭捷運——隨手拿一張紙，隨便拿一個目標就出來畫大綱。就算你非常非常不熟練，畫完一個大綱大概也只需要三、五分鐘，你每天隨便畫一個，不需要一個月，你就會發現自己的腦袋運轉速度瞬間升級了。

等你可以熟練地拆話題之後，你會發現自己甚至不需要真的畫出來，在腦袋裡面轉個十幾秒就可以搞定了。

接下來，我們就真的可以動筆了。

練習》

請利用你上一章列出的五個「目標句」，畫出五個大綱。大綱格式請依照前面的範例圖。

如果你在畫大綱的過程中，發現某個目標句很難列出足夠的「話題」，這代表你不小心設定了一個自己不太熟的目標，你可以隨時偷改目標句沒關係。只要文章還沒寫下去，就不會有人看到你原本的設定，不必在這裡固執。如果能在畫大綱的過程中發現錯誤，其實是可喜可賀的事——你本來可能會卡關的，但在這裡閃過去了。

四、文字基本功：好好呼吸

當你開始寫之後，立刻就會出現一個大問題：要怎樣才能寫得更好？這個問題是永無止盡的，就算是得到諾貝爾獎的大作家，都很少會覺得「我已經寫得夠好了」，總是會有還可以進步的地方。然而，並不是每個人都要成為文學大師，我們要做的，只是在合理的範圍內，把自己訓練成熟練的寫作者而已。就像你學騎機車、學開車，也是練到上路不會出事，可以平安抵達目的地就好，而不用效法車神舒馬克。

把文章寫好的基本要件，在〈一、作者的任務〉一章已經說過了，就是「完整」、「具體」、「有趣」三個要素。無論什麼狀況，只要你努力往那些方向思考，你的表現一定會比隨手亂寫要好。

不過，如果你想要繼續精進，你可能還是會覺得這三個要素太抽象了。因此，從這一章開始，我們會陸續提供各種「實戰技術」，這些都是數千年來的寫作者們，為了讓文章更好而發明出來的工具。

我們這篇就要從最基本的文字技術講起：如何讓你的文字立刻提升一個等級？

你要做的第一件事出乎意料地簡單——你只要開始「呼吸」就好了。

什麼意思？意思是，如果你想要讓自己的文字變好，最基本的就是想辦法讓句子「唸起來很順」、「換氣不會卡卡的」。因為讀者在閱讀時，都會把文字轉換成「聲音」，在腦袋裡或在嘴巴上「說」出來。而人的呼吸節奏是固定的，要是句子太長，讀者的腦袋就會立刻打結，覺得你的文章一片混亂。

所以，你在下筆的時候，請一定要在心裡念出聲音來（能在嘴巴上念出來更好）。當你發現唸起來呼吸不順，就立刻加上標點符號，把句子切短。俗話說禮多人不怪，標點符號多了，讀者也不會怪你的。因為連續的短句讀起來比綿延不斷的長句還要舒服。

你感受一下，上一句話是不是整段最不舒服的一句？因為我都沒斷開啊。如果我把句子修改成：「因為連續的短句，讀起來比綿延不斷的長句還要舒服。」一段切兩段之後，讀起來是不是比較沒有負擔了？

同理，我們也可以把更之前的句子拿出來玩玩：「而人的呼吸節奏是固定的，要是句子太長，讀者的腦袋就會立刻打結，覺得你的文章一片混亂。」我們現在把四個短句修改成這樣：「而人的呼吸節奏是固定的要是句子太長，讀者的腦袋就會立刻打結覺得你的文章一片混亂。」

是不是突然覺得不知道我在講什麼鬼了？因為修改版的呼吸位置全錯了。

往後，你就可以用這個方式來修改自己的文章了。甚至當你看到別人的文章，都可以在心底偷偷幫它修改斷句。大部分職業級的寫作者都會有合理的呼吸節奏，但某些粗製濫造的新聞、粗心大意的網路貼文就不一定了。很多時候，你會發現只要把呼吸節奏調好了，句子至少就不會太差。

而除了把句子切短之外，有個進階的標點符號也能幫助我們調整呼吸節奏，並且製造出更複雜的效果，那就是「引號」。它不只是可以用在對話，也可以用來幫我們標記出句子裡面包含的子句，把層級區隔出來——還記得英文裡面的「副詞子句」和「形容詞子句」有多麻煩嗎？謝天謝地，中文只要用引號就能搞定了。我們來看底下的這個例子：

朱家安始終不願意承認朱宥勳比他年長這個事實。[註1]

這句子的呼吸很不順，純粹把句子切短也沒辦法改善多少。這時候我們觀察一下，就會發現這句話裡面還包含了一個子句，只要用引號把子句區隔出來，讀起來就舒服多了：

朱家安始終不願意承認「朱宥勳比他年長」這個事實。

讀者在讀到引號的時候，腦袋會自動把引號內外區隔開來，並且先理解內部內容、再理解外部內容。這就像是小學學過的四則運算，5×（2＋3），你會怎麼算？你會先算括弧內的2＋3，對吧？原理是一樣的。

而更好的一點是，引號還有強化讀者注意力的效果，就好像你直接在文字上「畫重點」一樣。（你看，我在上一句話就在重點之處劃重點了）所以如果我們想要強調什麼詞語，或者想要用自己發明的新說法，引號都能派上用場。比如以下的例子：

一場架下來，他被打得滿身是傷。除了這些疼痛的「戰利品」之外，他什麼也沒賺到。

——在這裡，「戰利品」是一種反諷的寫法。你如果不加引號，讀者可能就不會注意到你把「傷口」說成「戰利品」的有趣之處。

註1 朱家安對這個例句不滿意，但朱宥勳和編輯加起來有兩票所以他輸了。

他這個人有一種「笨蛋才會有的善良」，所以常常做出一些讓朋友翻白眼的事。

——「笨蛋才會有的善良」是一種特殊的形容方式，並不是成語或常見的用法，所以用引號標記起來。如果拿掉引號，句子就會變得有點混亂了。

所謂的「波粒二象性」，是在解釋一種無法用古典力學詮釋的粒子現象。

——此處的「波粒二象性」是專有名詞，如果沒有用引號斷開，讀者很可能會不知道哪幾個字要組成一個概念（波粒？波粒二？粒二象性？）。所以我們遇到專有名詞時，一開始都要放入引號。

知道「斷句」和「引號」的原理之後，你可以隨時拿來檢查這本書的所有文章，看看我們是怎麼做的。甚至，看看我們是否有做得不夠好的部分。

當你可以透過這些技巧，來讓你的文字有著舒服的呼吸節奏後，你就已經擁有很不錯的基本功了。而從下一章開始，我們要從基本功進階到更具體的思考方法和寫作技術。首先，我們會進入由朱家安主筆的「知性篇」，透過十六章來說明如何建立一個好的論證；接著，我們會再進入由朱宥勳主筆的「情意篇」，透過另外十三章來說明記敘與抒情的寫作技術。

而在此之前，我們希望你多練習幾次前四章的內容，這是一切文章的基礎。等你準備好了，就隨時翻開下一頁，走入另外一個寫作境界吧！

練習》

下一頁的段落，是從〈二、設定目標：給讀者一道光〉節錄出來的。請你依照自己的呼吸節奏，在適合的地方、幫這段文字加上適合的標點符號。

這樣做會有很多好處首先讀者一路讀下來會覺得你的主題很鮮明文章也會變得比較協調流暢比較不會發生邏輯錯亂或情緒不統一的狀況其次就算你每個段落本身不是寫到無懈可擊的狀態對著同一目標反覆寫個兩三段也足夠加深讀者印象了而也因為你目標明確所以你下筆時就不會漫無目的地想著接下來要寫什麼呢而是可以集中火力針對畢業旅行爛透了我真的超喜歡去廟裡拜拜的文章目標來發想大幅縮短你的思考時間

知性篇

・朱家安

五、為什麼討論這麼難？

回想一下，你上次自己和別人意見不同的時候，或者看到另外兩個人意見不同的時候。你們或他們發現彼此想法有差異，各自提出說法來為自己辯護，然後下場如何？不怎麼樣，對吧？

人往往不願意妥協，甚至一開始就聽不進別人說的話，如果這些對話發生在網路上，那就更不用期待好結果了。

在這本書裡，我們想介紹一些思考和表達的技巧。這些技巧需要介紹，因為現代人在這方面表現得很差。這不完全是我們的錯，「內建」在我們大腦裡的一些認知機制，並不適合用來讓你跟意見不同的人溝通，甚至可能有反效果。在這篇文章裡，我們想要舉幾個例子，讓你對自己更加小心。

人在乎自己的看法。而且是不理性地在乎。假設大家討論晚餐要吃什麼，你其實沒有特別想吃什麼，不過為了讓討論繼續進行下去，你就隨便提個頭，說我們吃巷口老張吧。沒想到這個建議馬上被打槍，有人覺得老張太油了。這時候，雖然你也沒特別想吃老張，只是隨便提個，但還是會覺得有點不舒服吧。

心理學家席爾迪尼（Robert Ciadini）介紹過一個實驗：研究者把受試者隨機分組，去評估四個商業計畫的優缺點，結果發現，光是隨機指定你去研究特定的商業計畫，就可以提高你對那個計畫的評價。註1

人喜歡自己的想法，光是「我認為這是對的」這件事情本身，就足以讓你認為你認為的是對的，並且不情願改變。

心理學家另一個更重要的發現，是「驗證性偏誤」（confirmation bias）：人容易接受和自己看法相容的新資訊，對於和自己認知有衝突的新資訊，則容易忽略、不友善解讀。假設你面對特定問題，而且你傾向於相信某個立場，那麼當你在進一步調查的時候，就容易往對自己有利的方向去找答案，當你看到對自己不利的說法，你可能會忽視它，或者把它理解成比較沒道理的樣子，讓自己不用面對挑戰。

驗證性偏誤很大程度可以解釋，為什麼跟意見相左的人討論不容易有進展：若雙方都忽視對方的好論點、將對方的說法做不友善的解讀，達成共識的機會就變低了。

教育學者柏金斯（David Perkins）邀請不同教育程度的人針對自己有立場的議題，

註1 羅伯特．席爾迪尼（Robert Cialdini），二〇一七《鋪梗力》時報出版，劉怡女譯，p.67。

去發想雙方論點，發現教育程度越高的人，能發想越多己方論點，但一個人能發想多少敵方論點，卻跟教育程度無關：都很少。[註2]

此外，人真的有自我感覺良好的傾向（illusory superiority）。心理學家發現人在各種方面高估自己：聰明程度、解決問題的能力、推理能力、記憶力、開車技術和人緣。在二〇〇〇年，一份針對史丹佛大學MBA學生的問卷顯示，有87%的人認為自己受歡迎的程度贏過半數同學。[註3] 有些人認為這種傾向讓人能維持自信，有利生活。

人喜歡自己的想法，不願意改變。人容易看見能支持自己看法的資料。人不合理地高估自己的各種能力。你可以想像這些特質怎麼把你和你的辯論對手變成不可理喻的人。人的最大敵人是自己，這句話很玄，但在這個意義下是對的。

所以人要怎樣才能公平判斷是非對錯？賓州大學的心理學家泰洛克（Philip Tetlock）在實驗裡發現，如果你知道你的說法會受到在乎公平、資訊充足、立場不一定的人檢視，那你就會比較容易「把皮繃緊」好好思考合理的說法。

在這本書的「論理」部分，我們想要分享的，就是在你不幸遇到上述情況時，讓你能應付自如的各種知識技巧。這些知識需要熟練掌握，技巧需要練習。面對不同意見很困難，但我們可以一起努力。

註2 強納森・海德特（Jonathan Haidt），二〇一五《好人總是自以為是》，大塊文化，姚怡平譯，p.134。
註3 "It's Academic." 2000. Stanford GSB Reporter, April 24.

練習》

挑一個你在意的議題（服儀規定？環保？毒品管制？同性婚姻？），選一個立場，然後想想看，和你有不同看法的人會怎麼說，你能替他們想到多少至少「乍看之下」算是有道理的說法？

六、事實與價值

你上次吃魯肉飯，有先把魯肉和飯攪拌均勻嗎？替這個問題找答案的方式很明確：回想上次吃魯肉飯的情況，判斷你算不算是「有先攪拌均勻」。你可能覺得「我好像有拌兩下，但不確定那樣算不算是『攪拌均勻』」，不過即使是這樣，對於真的很想知道答案的人，你也可以就這樣回答他，而且這樣回答並不迴避問題，也不算錯。

「等一下，誰在乎我吃魯肉飯有沒有拌開啊？」會這樣問，代表你涉世未深。

你可以Google「魯肉飯要攪拌嗎？」找到台灣人對這個議題的激烈爭辯。有些人覺得不用，有些人覺得，如果你沒拌，你根本不算是在吃魯肉飯。這個爭辯很難有結果，因為「你上次吃魯肉飯有沒有先拌開？」很好取得共識，但是「吃魯肉飯，應該先拌開嗎？」很難取得共識。在哲學上，前者是關於事實，後者是關於價值。如左圖所示，一個命題是在談事實，還是在談價值，完全不同。

描述性命題（descriptive proposition）	**規範性命題**（normative proposition）
哲學家把僅僅談論事實的命題稱為「描述性命題」，例如： ・小張吃魯肉飯從來不拌開。 ・在2018年，台灣尚未廢除死刑。 ・哥哥比弟弟年長。	哲學家把對價值有所宣稱的命題稱為「規範性命題」，例如： ・吃魯肉飯應該要拌開。 ・台灣應該要維持死刑。 ・身為弟弟，朱宥勳應該要聽朱家安的話，嘗試遊玩 PS4 上輕鬆有趣的派對遊戲《血源詛咒》。

值得注意的是，就像是規範性命題不見得合理，描述性命題也不見得為真。「人是猴子演化來的」不為真，但是依然被歸類為描述性命題：這個命題試圖描述事實，只是它沒描述成功。

描述和規範只是一種分類，不代表被歸類的命題成立與否。不過，它們確實會影響被歸類的命題如何成立。小張吃魯肉飯曾經拌開嗎？二〇一八年台灣刑法有死刑嗎？這是對照事實就可以確認的事情。然而，吃魯肉飯是否應該拌開？台灣是否應該要有死刑？這兩個命題就不是對照事實可以確定的了，關於前者我們或許會說這可以依喜好而定，「你爽就好」，對於後者，則可能進入困難的爭論。

我們該怎麼說服別人相信一個規範性命題?這得要看對方為何不信。

正豪:不讓同性結婚是正常的,讓同性結婚,大家變成同性戀,人類就滅亡了。

小愛:不讓同性結婚是正常的,同性戀不是好的生活方式,不該鼓勵。

天天:如果男男可以結婚,那接下來人也可以跟摩天輪結婚,怎麼得了?

假設你支持同性婚姻,你跟正豪之間的差距,是對於「同性婚姻會否導致人類滅亡」的判斷,這個判斷是描述性的;你跟小愛之間的差距,是對於「同性戀是不是好的生活方式」的判斷,這個判斷很可能是規範性的。而天天的想法,則有待進一步釐清。從這些例子你可以看出,即便討論的是規範性命題的成立與否,面對不同的人,你依然有可能進入描述性的討論。

為了辯護自己用力支持的規範性命題,有時候人會拿出看起來很荒謬的理由,例如天天的「那接下來人也可以跟摩天輪結婚」。為什麼會這樣?天天真的是抱持著不想跟摩天輪結婚的心情,在反對同性婚姻嗎?道德心理學家海德特(Jonathan Haidt)的發現,或許可以給我們一些方向。

海德特認為,人做價值判斷總是「直覺先來,策略推理後到」:人在情感上先選定立場，理性再出馬，為立場找理由。人並不是先想清楚，確認自己有辦法替立場辯護，才選定立場，正好相反。這就是為什麼有時候我們會一面真誠地相信自己的立場，一面提出連自己都難以置信的理由。[註1] 這種情況最鮮明的例子，出現在海德特參與的一些實驗裡。研究者讓受訪者閱讀類似這樣的案例：

一位美國婦女在儲藏室發現了一面舊的美國國旗。這位婦女想到，家裡已經沒有習慣掛國旗了，但正好缺抹布。於是她把國旗剪成四塊，當抹布用。這位婦女剪裁國旗的時候在室內，沒有被人看到，而且她知道不是人人都可以接受你把國旗拿來當抹布，所以在將來也會避免在有外人的時候使用。

接著，受訪者必須回答，他們認為這位婦女的行為是否恰當。如果認為不恰當，研究者會追問理由，例如要求你說明，此行為會令誰不公平地蒙受損失。

註1 強納森・海德特（Jonathan Haidt），二〇一五《好人總是自以為是》大塊文化，姚怡平譯。

研究者發現，那些主張婦女行為不恰當的人會提出一些明顯荒謬的理由，試圖「創造受害者」，來辯護自己的判斷。例如其中一位受訪者主張，他覺得鄰居可能會看到婦女剪國旗，覺得不舒服。經研究人員提醒，受訪者可以理解自己提出來的理由不符合案例描述，但不會因此改變立場。海德特把這種「站定既有立場，但無法用言語說明自己為何這樣站」的情況稱為「道德錯愕」。對他來說，道德錯愕的存在顯示了，在價值判斷上，人是先站立場再找理由。

先站立場再找理由，讓人天生不擅長有建設地討論價值性問題。這也是為什麼事實跟價值區要區分清楚，才有機會建立有效溝通。

練習》

以下說法，哪些主要關於價值，哪些主要關於事實？並想想看，如果要判斷它們是否成立，我們需要哪些線索、證據或基礎？

- 在國高中規定大家都穿一樣的制服，可以減少霸凌行為。
- 基於以牙還牙的精神，台灣應該維持死刑。
- 香菜不是食物。
- 台灣就是中華民國。

七、立場與理由

當你說明為何某個命題成立，你就是在論說。例如：

大明：女生月經來，最好穿藍色褲子，比較不明顯。

方方：哥，經血是血，血是紅的。

有時候我們會誤以為，只要不斷重複某個說法，其他人就會相信那個說法成立。這是錯的，如果別人在你開始重複某個說法之後不再反駁你，通常是代表他覺得你一直跳針很煩。

你會需要說明為何某個命題成立，通常是因為有人不覺得它成立，或者不確定它是否成立，所以你必須提供「理由」。怎樣的理由是好理由，很看狀況，在討論脈絡下，好理由必須：

1. 能被對方接受。
2. 能顯示你要說明的命題成立，或者提高它成立的機會。

有一些命題可以完全被證明成立，例如「所有單身漢都是男性」（這種命題通常不會是論說文的好題目），不過有一些命題，我們手上的證據最多只能讓它「逼近」成立，例如關於未來的說法（五十年內AI會取代10％人類的工作）、關於過去的說法（西元前，全球人類總數沒有超過一億）。最後，對於大多數有爭議的價值命題來說，不管你提出哪些說法，似乎都還是會有討論空間，例如「高中生應該穿制服上學」和「年滿十八歲才該獲得投票權」。

有些命題不管怎麼舉證都會有討論空間，這代表討論這些命題註定白費力氣嗎？不見得。就算一個命題成立與否很難判斷，也不代表所有支持和反對這個命題的理由都一樣好。我們可能很難在「要不要規定高中生穿制服上學」這件事情上取得全體共識，但是下面這些事情就不一樣了：

A. 應該規定高中生穿制服上學，因為我喜歡看高中女生穿制服。
B. 不該規定高中生穿制服上學，因為香菜根本稱不上是食物。
C. 應該規定高中生穿制服上學，因為這有助於維持校園安全。
D. 不該規定高中生穿制服上學，因為穿衣是個人自由。

就算你不支持高中生穿制服上學，你大概也不會否認，（C）比（A）有道理。就算你支持高中生穿制服上學，你大概也不會否認，（D）比（B）有道理。

實際上，你會發現，光是討論雙方共同辨認出「比較好的理由」跟「比較爛的理由」，也可以算是讓討論有所進展。這不容易，因為跟立場不同的人討論的時候，人的本性往往會讓我們過度重視立場、忽視理由。

正男：我不支持核能，因為如果核爆我們就GG了。
娜娜：發電用的那種燃料棒不會核爆啦！
正男：什麼，所以你支持核能嗎？
娜娜：我不支持啊，可是……
正男：那不就結了嗎！

娜娜的想法跟正男不盡相同，正男不容易發現這一點，因為他沒有區分「立場」跟「理由」。一旦我們做了這區分，就會發現他們在是否支持核能這件事情上立場相同，但背後理由不一樣。正男認為「核能發電可能會核爆」是反對核能的理由，娜娜不這樣認為。

在討論時，我們常擔心別人預設立場，並且不吝於指責對方預設立場，似乎立場這種東西會毀掉溝通。如果你也有如此擔憂，有個好消息：理由的判斷通常可以被整理成不需要仰賴立場的形式。

不管你是否支持核能，這都不影響你有機會公平地探究「燃料棒會不會核爆？」不管你是否支持同性婚姻，這都不影響你有機會公平地探究「同性婚姻對會不會對領養的小孩有壞影響？」立場或許錯綜複雜、堅定難移，但理由是可以獨立出來逐項檢驗的。

當然，你可以想像有一些人總是堅持提出那種「幾乎只有秉持某個立場的人才會接受」的理由，例如：

- 為什麼高中要必修文言文？因為文言文有價值啊！
- 為什麼聖經是真理？因為聖經是上帝的言語啊！

上面這些說法沒有說明力，也不太可能說服本來就不同意那些立場的人，或者達成什麼討論進展。不過退一步想，你可以發現，這些說法之所以這麼糟，其實也是因為說話的人混淆了理由和立場：他們把自己的立場當成理由重新說一次，因此無法帶來任何新的說明和資訊。

練習》

用你的創意發想看看，哪些理由能用來支持以下立場：

1. 地球是平的。
2. 整個宇宙是五分鐘前忽然出現的。（對，你「記得」你昨天做了什麼事情，不過你的記憶也是五分鐘前隨著你的腦誕生的）
3. 儒家是宗教。
4. 植物有痛覺。

八、重建論證

前文提到，當我們論說，表示我們提出理由來支持我們的立場，說服別人說，我們的立場可信、合理、公平。反過來，當別人說理，他們也是在提出理由來支持他們的立場。別人的立場你不見得打從一開始就接受，但如果你僅僅因為自己本來就不接受對方的立場，就對他提出來的理由嗤之以鼻，恐怕太過草率，也可能因此錯失發現自己錯誤的機會。

該怎麼理解別人的說法呢？一個方法是把它的論證結構整理出來。在哲學上，論證由「前提」、「推論」和「結論」組成。

- 前提：作者提出來的證據。
- 推論：作者對於「為什麼前提能夠支持結論」的說明。
- 結論：作者要說服你相信的立場。

溝通時，人通常不會把論證完整呈現，所以我們常常需要刻意理解和詮釋，才能替對方重建完整的論證，例如：

一般說法	比較完整的論證
手機不可能是小傑偷的，他那麼有錢。	前提一：小傑很有錢。 前提二：有錢的人缺乏「因為缺錢而偷竊」的動機。 結論：小傑不會偷手機。

在一般對話脈絡下，光是提到「小傑很有錢」，已經足以讓聽的人知道「小傑不需要因為缺錢去偷手機」，所以可以省略後續說明。然而重建論證還是有些好處，以上述例子來說，從重建後的論證，你可以看得出前提並無法保證結論成立：除了缺錢，可能還有其它動機讓小傑偷手機。重建論證，可以讓我們看出目前線索的瑕疵，問出對的問題。

在最理想的論證裡，如果前提都為真，就可以確保結論一定是真的，沒有為假的可能。例如：

1. 小傑是單身漢。
2. 單身漢是沒有結婚的男人。
3. 小傑是男人。

這個條件很嚴格，事實上你我相信的大部分合理的論證，都沒有達到這個門檻。例如：

1. 在客廳桌上放了幾個月的花瓶，今天倒了。
2. 今天有地震。
3. 花瓶是地震震倒的。

就算（1）和（2）都為真，（3）依然可能為假：有可能花瓶熬過地震沒倒，但家裡的寵物今天剛好非常難得跳上桌把它弄倒了。然而你可以理解，就算這類合理的論證沒辦法保障結論為真，依然一定程度支持了結論，並且可以協助我們思考和溝通。

哲學家丹奈特（Daniel Dennett）曾轉述心理學家拉普伯特（Anatol Rapoport）建議的討論規則[註1]：

1. 用自己的語言清楚、完整、公平地重述對方的說法。（你的轉述最好能讓對方感覺「靠北，我自己都沒辦法講得那麼好！」）
2. 列出對方說法當中自己同意的部分。
3. 說明自己從對方的發言學到什麼。
4. 最後，說明為什麼自己不同意對方。

替對方重建論證，就是實踐第一個步驟的好方法。你可以藉此和對方確認他省略的前提、避免自己誤解，並讓彼此能站在共同基礎上繼續討論。

不過，要準確詮釋別人的說法，常常不是很容易，就算兩個人看起來立場類似也一樣。看看先前討論過的例子：

正男：我不支持核能，因為如果核爆我們就ＧＧ了。
娜娜：發電用的那種燃料棒不會核爆啦！
正男：什麼，所以你支持核能嗎？

註1 詳見 Daneil Dennett 2013《Intuition Pumps and Other Tools for Thinking》的第三章。本書由 PENGUIN BOOKS LTD 出版。

面對面的時候，一時間搞不清楚對方想說什麼，比較沒關係，追問就好。不過如果眼前是文章，沒有追問空間，該怎麼做呢？我們建議的方法是：先找出對方的結論，再從結論回溯理由。

一篇文章的結論，就是作者想要藉這篇文章說服你去相信的東西。許多受過訓練的作者，會很明確寫出關鍵的宣稱，例如「……所以，我認為在台灣準備好之前，不該讓同性婚姻合法化」或「……以此看來，實在沒有好理由規定學生都必須穿制服上學」。

不過有時候作者也會因為寫作習慣或特別的考量，讓讀者無法直接讀出結論，必須自己推敲「這個人到底想講什麼」。不過即使是如此，找結論也不會比找支持結論的理由更困難，因為你通常必須要先確認結論是什麼，才能辨別一串文字是否表達了相關的理由。[註2]

註2 本文部分改寫自朱家安，二〇一六〈怎麼在網路上裝好人〉，udn 鳴人堂。

練習》

閱讀下面這則短文，判斷看看它的結論是什麼，並且找出文中用來支持結論的前提。

同性婚姻的支持者和性解放的支持者經常只想到自己計畫的好，不顧計畫的副作用。男男女女婚姻並不正常，也不是社會規範可以接受。試想，如果國中高中的孩子，被同學發現他有兩個爸爸或兩個媽媽，難道不會遭受異樣眼光？對他人的同理本來是人人與生俱來，但就是有人會因為自己的私心忘記這些重要的事情。同理不能忘五六不能亡認同請分享。

九、評估論證

藉由重建論證，我們可以更清楚了解別人在主張些什麼、提出什麼理由來支持他的主張。當你把別人的說法重建成完整清楚的論證，不管是要和對方確認自己的理解是否正確，還是要做進一步的分析和評估，都會更容易。

讓我們考慮下面這個說法：

・白馬論

1. 黑馬是馬。
2. 白馬不是黑馬。
3. 所以，白馬不是馬。

這個說法是《公孫龍子．白馬論》當中段落的一個詮釋版本，也是坊間常見的理解。學術上，這個版本不是最有道理的版本，然而它很適合拿來討論怎麼分析論證。

「白馬論」的結論很荒謬，有些人因此認為它是不值得討論的詭辯，不過這樣想的話，可能會錯失一些學習機會。「白馬論」值得討論，並不是因為它的結論明顯荒謬，而是因為：雖然它的結論明顯荒謬，但前提並沒有問題，而且整串說法讀下來，會有一種結論似乎得到前提支持的感覺。如果沒問題的前提，會透過沒問題的推論，去支持有問題的結論，這似乎顯示我們的思考出了一些問題。「白馬論」的部分研究者，就是想要找出這問題出在哪。

有些人認為，「白馬論」的問題在於它的用詞還是不夠精確，當我們進一步把每句話講得更清楚，就可以明確抓出錯誤。箇中眉角在於，「白馬論」句子裡的「是」在中文裡至少有兩種意思：

1. 等於：朱家安是《哲學哲學雞蛋糕》的作者。
2. 屬於：朱家安是宜蘭人。

上面的「白馬論」論證由三句話組成，每一句都有「是」這個詞，換句話說，每一句都有兩種可能的意思。

不過，只要你嘗試幾個排列組合，會發現沒有任何組合方式能組出有道理的論證。例如：

V1.0

1. 黑馬等於馬。
2. 白馬不是黑馬。
3. 所以，白馬不是馬。

如果這樣詮釋前提一，不管接下來兩句話如何詮釋，論證都沒有成功的機會，因為黑馬不等於馬，黑馬只是馬的一個類別。V1.0不是好論證，因為它的前提一不成立。

又例如：

V2.0

1. 黑馬屬於馬。
2. 白馬不屬於黑馬。
3. 所以，白馬不屬於馬。

這個論證的前提一和二看起來都很合理，問題在於，就算這個論證的前提都成立，也無法支持結論：從「黑馬屬於馬」和「白馬不屬於黑馬」，我們其實無法肯定白馬不屬於馬。

畫出（圖一）可以協助我們理解這一點。

在這個（圖一）裡，用圓形互相覆蓋的關係，來表達概念之間的「屬於」關係。這個圖顯示了，就算黑馬屬於馬、白馬不屬於黑馬，白馬依然有可能屬於馬。換句話說，V2·0的前提無法支持結論。

V1·0和V2·0都是有問題的論證，而且它們出問題的方式，剛好窮盡了論證出問題的兩種主要方式：前提有問題和推論有問題。V1·0的第一個前提不成立，因此有問題。V2·0的兩個前提都成立，但無法支持結論，因此推論有問題。

考慮到「是」有兩種意思，我們只討論了「白馬論」的兩種可能排列組合，你可以把句子裡的

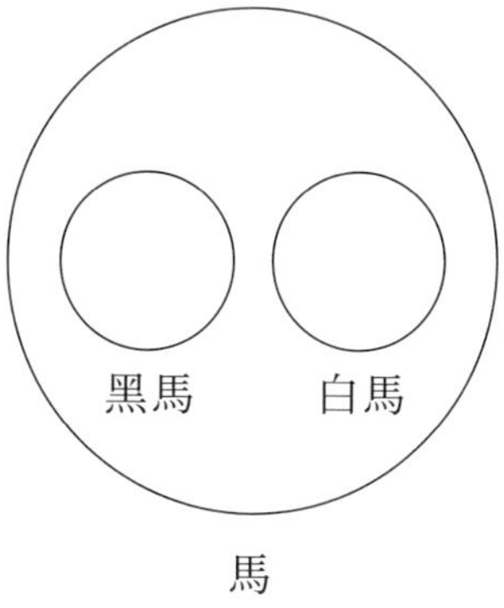

（圖一）

「是」替換成「等於」或「屬於」，來測試其他組合，不過你會發現，所有排出來的組合，也會符應我們上面的分析：它們要嘛前提有問題，要嘛推論有問題。

這是重建論證的另一個重要好處。論證要出錯，方式有限。如果一個論證不合理，只有兩種可能：要嘛它有些前提不成立，要嘛它的論證不成立。所有的論證錯誤，都可以被歸類成這兩種類別之一。因此，當你整理出完整的論證，要進一步評估它是否有問題，接下來的思考方向，也會很明確。

練習》

閱讀下面這則短文，重建短文裡的論證，評估它是否有問題：

同性婚姻的支持者和性解放的支持者經常只想到自己計畫的好，不顧計畫的副作用。男男女女婚姻並不正常，也不是社會規範可以接受。試想，如果國中高中的孩子，被同學發現他有兩個爸爸或兩個媽媽，難道不會遭受異樣眼光？對他人的同理本來是人人與生俱來，但就是有人會因為自己的私心忘記這些重要的事情。同理不能忘五六不能亡認同請分享。

十、友善理解

不管是吵架還是打筆戰，人常見的心理反應，是認為對手很笨：「我都說這麼清楚了，為什麼他還不懂？」、「他怎麼連這麼荒謬的東西都講得出來？」如果你運氣不好，當然有可能遇到真的很笨的對手，不過在多數情況下，我們覺得對手笨，最終可能來自〈五、為什麼討論這麼難？〉介紹過的「驗證性偏誤」。一般人都有驗證性偏誤，驗證性偏誤讓人比較容易理解支持己方立場的說法，相對之下，人就會低估對自己不利的說法的合理性。

驗證性偏誤的危險，在於讓人們的討論成為純粹替自己辯護的過程，而不是對真理的追求。驗證性偏誤讓你的對手的說法看起來容易比實際上更沒道理。這有時候反而會讓我們錯失溝通機會。

大毛：你搞什麼，每次都遲到！

小強：我沒有每次都遲到，我上次就沒有遲到。

或許小強說的是對的，不過即便如此，小強很可能也沒有正確理解大毛的意思，因為大毛很可能不是在表達小強真的每次都遲到，而是想要表達小強常常遲到。當然，你可以抱怨大毛「常常就常常，幹嘛講成每次？」不過你應該可以理解，把「常常」講成「每次」，是一般人常用的誇飾法，並不犯規。

在上面對話裡，小強對大毛缺乏友善理解。小強並沒有把大毛的說法理解成「最合理、容易成立」的版本。這讓小強容易受到偏誤影響而容易誤解大毛的語言，也讓他們的溝通效率下降，你可以想像，這段對話的後續可能是：

大毛：好啦，你沒有每次都遲到，但是你三次遲到兩次，太多了。

小強：那又怎樣，不然不爽不要揪。

小強和大毛以後可能不會再見面了，不過至少他們對大毛的判斷沒有異議：在「小強是否常遲到」這件事情上，大毛和小強的看法相同。換句話說，如果小強一開始有正確理解大毛說的話，就不需要浪費一輪討論的時間來讓大毛釐清。從這個例子你可以看出，友善理解不但可以協助我們抵抗一些心理偏誤，也可以增加討論效率。

哲學上認為語句有強（strong）和弱（weak）的區別，這並不是指有些句子很厲害有些句子很爛，而是說有些句子宣稱了比較多內容，有些句子相較之下宣稱了比較少內容：

1. 小強每次都遲到
2. 小強常常遲到

上面兩個句子當中，（1）比較強，（2）比較弱。（1）宣稱了比較多內容，這意味著它比（2）更難成立，需要更多的證據才足以支持。大毛和小強討論小強的遲到造成的困擾，如果（1）成立，小強會值得更嚴重的譴責。然而根據故事設定，（1）事實上不成立，因為小強沒有真的每次都遲到，因此大毛最多只能主張（2）成立。不過這也夠了，「常常遲到」已經足以構成別人抱怨的好理由。

以強與弱的用詞來說，我們可以說小強一開始把大毛的說法詮釋成不必要地強（小強每次都遲到），這讓小強的第一個反駁並沒有真的回應到大毛心裡的說法。小強和大毛的例子很單純，只涉及一個常用的誇飾法。在實際討論中，要避免自己把自己的對手詮釋得太強。看看這個例子：

亮亮：我覺得沒必要規定大家穿制服上學，讓大家穿自己喜歡的衣服，不是很好嗎？

豹子：不行啦，如果有人穿泳裝來上學怎麼辦？

亮亮不見得需要主張學生可以穿泳裝上學，亮亮主張不強制規定學生穿制服，不過在放寬規定之後，學生是否就可以穿泳裝上學，則有討論空間。豹子可以跟亮亮確認他的想法細節，不過若直接認為亮亮打算放任學生穿泳裝上學，恐怕是把亮亮的想法詮釋成沒有必要地強。[註1]

友善理解很有用，它避免你誤解對方說法，也讓彼此可以省略不需要的釐清，增加討論效率。友善理解的態度，可以讓你重建論證時做得更好。

註1 或許有人認為穿泳裝上學沒什麼大不了的。不過我們在這裡為了討論方便，還是把亮亮跟豹子預設成相對保守的人。

練習》

在下面的對話裡，請協助亮亮友善理解豹子。

豹子：以牙還牙，我們需要死刑來懲罰犯下殺人罪的人。

亮亮：真要以牙還牙，如果有人性騷擾你，國家應該規定你要性騷擾回去嗎？

十一、論說文的架構

前面的章節裡，我們介紹了論說和理解的方法，以及相關的心理準備。現在我們想來跟大家談談，若要正式寫篇論說文，內容會長什麼樣子。

論說是為了讓讀者理解，有一些好理由支持你的主張。好的論說文藉由好的內容和設計，來讓這個目標更容易達成。

要讓人認為某個主張值得支持，有一些條件需要達成，假設你想要說服別人說「香菜真的不是人吃的」，別人可能依序有三個基本問題：

背景：先不管你主張怎樣。這議題為什麼值得我了解？香菜能不能吃干我什麼事？

主張：你主張香菜不是人吃的，這是什麼意思？

理由：你有什麼好理由支持你的主張？

其實，當你回答了這三個問題，文章的雛形也差不多了：

背景：（A）香菜是台灣料理常用的調味料，舉凡粽子、肉羹都可能出現香菜。不管你喜不喜歡，在台灣的夜市和餐館，都有可能偶遇香菜。

主張：（B）香菜不是人吃的。當然，吃香菜不會死，我們也不可能立法禁止吃香菜，不過我認為，凡是在意食物滋味的人，都不該吃香菜。

理由：（C）香菜是一種味道很重的香料，不管你喜不喜歡香菜的味道，香菜的味道都會遮蔽食物裡其他原料的味道，這讓食物的滋味變得單調。

「背景」說明為什麼這篇文章談的題目值得讀者注意，在這裡，我們訴諸香菜的常見：香菜就在你身邊，所以你最好讀一下這些。「主張」說明文章主張些什麼、沒主張些什麼，我們並不是在講香菜有劇毒，或者應該用公權力禁止香菜，我們只是認為，以美味考量，香菜不是好選擇。最後，「理由」說明為什麼香菜不是好選擇。

（A）、（B）、（C）三段文字組成清楚的論說文結構。在這裡值得注意的是，你完全可以想像，如果網路上有個關於香菜的討論串，其中可能就有個發言跟（B）或（C）一模一樣。這顯示寫論說文其實並不難，如果你是那種會在網路上進行一些認真討論的人，把你討論議題的留言加個頭尾，文章結構或許就浮現了。

接下來，只要我們在（A）、（B）、（C）之間加上恰當的連接詞，並且加上網路筆戰的片段發文，可能就是完整論說文的其中一個段落。

小明　香菜不是人吃的。當然，吃香菜不會死，我們也不可能立法禁止吃香菜，不過我認為，凡是在意食物滋味的人，都不該吃香菜。

簡述論點的結論，看起來就是一篇文章了：

香菜是台灣料理常用的調味料，舉凡粽子、肉羹都可能出現香菜。不管你喜不喜歡，在台灣的夜市和餐館，都有可能偶遇香菜。

香菜很常見，但我認為香菜不是人吃的。當然，吃香菜不會死，我們也不可能立法禁止吃香菜，不過我認為，凡是在意食物滋味的人，都不該吃香菜。

為什麼人不該吃香菜？因為香菜是一種味道很重的香料，不管你喜不喜歡香菜的味道，香菜的味道都會遮蔽食物裡其他原料的味道，這讓食物的滋味變得單調。

所以，如果你想吃出好滋味，你應該避開香菜。

前面這個文章範例，是針對現象表達自己的主張，有時候我們會需要針對別人的主張表達自己的主張，這種文章的寫法也可以沿用上述架構，只要把別人的主張放到「說明背景」裡就好。

例如，若我們想要寫篇文章來回應上面這個反對吃香菜的說法，可能會是下面這樣：

背景：（A）香菜是台灣料理常用的調味料，舉凡粽子、肉羹都可能出現香菜。不管你喜不喜歡，在台灣的夜市和餐館，都有可能偶遇香菜。有些人認為我們不該吃香菜，因為香菜的味道會蓋過其他食材，讓整體的味道變單調。

主張：（B）上述說法太誇張了。我並不是在說人人都該吃香菜，不過我認為，食材味道重，不能成為反對該食材的理由。

理由：（C）實際上，很多食材味道都很重，有時候我們甚至會用特殊的烹調法，來讓味道更重。如果我們基於擔心「味道重的食材會蓋過其他食材的滋味，讓味道單調」而拒絕所有味道重的食材，這恐怕才是會讓我們的食物更單調。

下篇文章，我們會談談將文章進一步延伸、補強的方法。在那之前，如果你先做做練習，效果會更好喔！

練習》

從以下任選一個題目，並自由選擇站在支持或反對方，依照本文介紹的做法，寫完一篇兩百到四百字的短論說文。

- 我國應該廢除死刑。
- 根號二是無理數。
- 所有動物都是神創造而非演化來的。

十二、論說文的兩種擴充

論說文就是用來說理的文章，原則上只要你會說理，就會寫論說文。上篇文章，我們介紹了怎麼用「背景」、「主張」、「理由」的步驟來完成一篇論說文，希望能用最自然的方式來讓你體會怎麼把想法寫成完整的文章。現在，我們要進一步談談，這個基本的論說文架構，可以藉哪些變化來變得更大、裝下你腦子裡的完整想法。

文章就像積木，可以任意排列組合和擴充。而依循一定原則，這些變化有機會讓文章更好。

增加理由

支持特定主張的理由，有時候不只一個。如果文章篇幅允許你把更多理由闡述完整，新增一個理由未嘗不可，並且可能有加分效果。要在文章裡交代複數理由，最基本的門檻，是必須把這些理由和立場之間的關係標示清楚。假設我們手上有一個主張和兩個理由，它們在文章裡的關係組合，至少有以下可能：

複數理由在文章裡有不同組合，
你最好讓讀者認得出來你用的是哪一種。

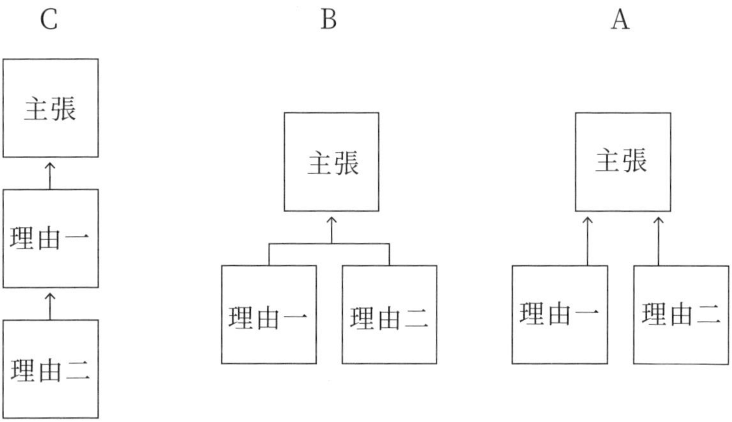

A　兩個理由分別獨立支持主張。例如：「增加校園安全」跟「增加對學校的認同」分別獨立支持「要求學生穿制服進校園」。

B　兩個理由加起來才能支持主張，缺一不可。例如：「小明昨天下午開車」跟「小明昨天下午處於喝醉狀態」加起來會支持「小明昨天下午酒駕」。

C　第一個理由獨立支持主張，而第二個理由獨立支持第一個理由。例如：「死刑可以降低重大犯罪率」支持「我國應該維持死刑」；而相關的科學數據則支持「死刑可以降低重大犯罪率」。

如果你的文章裡有一個主張和兩個理由，你需要提供夠多線索讓讀者知道它們之間的關係是上述的哪一種，因為如果讀者誤判，會讓你的文章顯得比實際上更沒道理。例如，如果你的文章想要呈現（B），卻被讀成（A），敏銳的讀者可能會發現理由二其實無法單獨支持主張，並因此認為文章有問題。

要標示理由和主張間的關係並不困難：

理由／主張關係的簡單版本

A. 有兩個理由支持此主張為真，首先，理由一，再來，理由二。例如：有兩個理由支持要求學生穿制服進校園，首先，增加校園安全，再來，增加對學校的認同。

B. 此主張為真，因為理由一，而且理由二。例如：小明昨天下午酒駕，因為他昨天下午開車，而且是處於喝醉狀態。

C. 因為理由二，所以理由一。因為理由一，所以此主張為真。例如：這些研究都顯示死刑可以降低重大犯罪率，所以我們應該支持死刑。

如果你需要很多字才能把理由一和理由二交代完，上面這些句子就會變得很長，難以閱讀。這時候你需要的技巧是「大綱起手」。

大綱起手

大綱起手，指的就是讓一個段落的第一句話成為整段的大綱，讓讀者讀完第一句，就知道這個段落打算做什麼。比較下面兩個段落，會發現有沒有大綱起手，直接影響讀者掌握文章要旨的效率。

> 能享受手遊的人很多，因為手遊就是設計來令人享受的。能享受思考的人很少，這並不是因為思考註定帶來痛苦，而是因為他們沒有掌握一些能想得順暢明確周全的方法，因此難以從思考得到進展和成就感。

> 人不思考，是因為人覺得思考不有趣。能享受手遊的人很多，因為手遊就是設計來令人享受的。能享受思考的人很少，這並不是因為思考註定帶來痛苦，而是因為他們沒有掌握一些能想得順暢明確周全的方法，因此難以從思考得到進展和成就感。

上面的「簡單版本」很容易就可以擴寫成「大綱起手」的格式，一般來說，把補充加在後面就行。以（A）為例：

有兩個理由支持要求學生穿制服進校園，首先，增加校園安全，再來，增加對學校的認同。制服可以增加校園安全，因為它能協助警衛和校內人士區分學生和外人。制服讓同學們有一樣的外觀，可以增加向心力，讓大家對學校有更高的認同。

「大綱起手」不只可以用在有多重理由的時候，事實上，只要一段文字多到需要提綱挈領的地步，就可以大綱起手一下，讓文章更好讀！

預先反駁

一種補充文章內容的方式是增加理由，另一種方式，則是預先反駁：在交代完主張和理由之後，預想對手可能會提出的質疑，並預先回應。用前文的例子來說：

有兩個理由支持要求學生穿制服進校園，首先，增加校園安全，再來，增加對學校的認同。制服可以增加校園安全，因為它能協助警衛和校內人士區分學生和外人。制服讓同學們有一樣的外觀，可以增加向心力，讓大家對學校有更高的認同。

有些人可能會說，如果制服能增加校園安全，為什麼老師們不用穿制服？這個問題的答案在於人數和流動：老師的人數少、不容易流動，大家容易認得哪些人是校內的老師，而學生人數多，每年都不一樣，所以需要用制服來標示。

你可以發現，有些理由如果不藉由「預先反駁」，其實很難順暢放進文章裡。上述例子裡的「著眼於校園安全，為什麼老師不用穿制服？」就是這種。以此看來，「預先反駁」可以當作在文章裡添加理由的一種方式。有些理由比較基本，適合直接放在主張後面，有些理由比較間接，需要對手先攻擊才適合提出來，如果你想要讓這種理由早點登場，就可以把它放在預先反駁的欄位。最後，「預先反駁」的段落，當然也可以「大綱起手」，讓閱讀更輕鬆。

練習》

1. 找來你過去寫的一篇超過五百字的論述型文章，不見得需要正式發表過，草稿、社群網站動態、筆戰回文都行。幫這篇文章在各個恰當的地方「大綱起手」修改一下，看看效果如何。

2. 想些論點，幫這篇文章補充「預先反駁」的段落，看看效果如何。如果你覺得發想反方論點有點困難，這不是你的錯，而是〈五、為什麼討論這麼難？〉提到的「驗證性偏誤」的影響。你可以找其他人看看你的文章，搞不好他可以替你想到一些。

十三、論說文的細節：文法、抽象和簡化

上篇文章我們介紹了怎麼從大方向調整論說文結構來滿足需求。現在我們要進一步觀察文字的細節，談一些讓文章變得更好讀和周全的訣竅。

基本文法

文章要能讀，句子必須合文法。文法是整體性的，依照整個句子來判斷。不過所有句子都是人隨時間逐漸製造出來的，如果你寫到後面就忘了前面，句子可能就會不合文法。我們沒辦法在這交代完整的中文文法，不過可以介紹一個最常犯的文法錯誤：主詞和動詞不符。

十二年國教的國語文課綱應當泯除中文、臺文、華文領域差異，共同追求自由多元的語文教育，才是最重要的目標。[註1]

這個句子沒有主詞。「十二年國教的國語文課綱」不是好的主詞，因為這個詞沒辦法配合「共同追求」。補上恰當的主詞，會發現文意更好理解：

> 在十二年國教的國語文課綱議題上，中文、臺文、華文領域應當泯除彼此差異，共同追求自由多元的語文教育，這才是最重要的目標。

另一個例子：

> 我們長期關心文學與語文教育，憂心當前高中國文課綱的爭議，遭到簡化為白話與文言之爭，或是中文與臺文之爭，而應該更深入細緻地去檢視其中各面向的問題……[註2]

註1 本段落來自二〇一七年由學者連署，倡議維持高中國文教育當中古文比例的新聞稿〈國語文是我們的屋宇〉。朱家安認為這篇新聞稿反而顯示古文教育對中文表達能力的幫助有限。

註2 同註1。

這個句子裡的「而應該更深入……」子句不合文法，因為它沒有恰當的主詞和動詞。加上去之後，文意會更加明確：

我們長期關心文學與語文教育，憂心當前高中國文課綱的爭議，遭到簡化為白話與文言之爭，或是中文與臺文之爭。我們認為，應該更深入細緻地去檢視其中各面向的問題……

抽象與具體

抽象的句子比具體的句子更難懂。要確保自己的寫作具體，最簡單的方法是在有抽象疑慮的地方給例子。比較以下兩個段落：

國家為了縮短某些差距與實質不平等，提供某些群體在教育或社會生活上的優惠，這種施政被稱作是「積極平權措施」。

國家為了縮短某些差距與實質不平等，提供某些群體在教育或社會生活上的優惠，這種施政被稱作是「積極平權措施」，例如繁星計畫、原住民大考加分等等。[註3]

人天生不習慣理解抽象事物，這可能是為什麼數學這麼難。光是描述「積極平權措施」的內容，很難讓人想像它到底是哪種東西，還不如直接丟一句「就原住民加分那種啦！」註4

舉例是化抽象為具體的好方式，也是檢驗自己到底知不知道自己在想什麼的好機會。如果你發現很難替自己的論述想到例子，那你可能不知道自己在想什麼。此外，如果你覺得很難判斷哪些段落需要舉例哪些段落不需要，可以找朋友幫你看文章，給他一隻紅筆。

發想例子的能力很有用，寫文章、上台報告、辯論都用得到。有個方法可以訓練自己發想例子：放空的時候給自己一些規則，看看自己能否想到相符的例子，例如「小明做了一件事，這件事情在道德上有問題，不過沒有任何人因此受到傷害」。

註3 這兩個案例來自朱家安在沃草烙哲學社群和邱怡嘉的討論，感謝他們。

註4 有些人認為原住民加分措施對其他人不公平。我們必須指出，這種說法預設了，在不加分的情況下，原住民和其他人有公平的起跑點。然而，給定原住民被壓迫的歷史，我們有理由質疑這個預設。

簡化和倒裝

有時候句子難讀，並不是因為太抽象，而是因為沒有用最順暢好理解的順序來寫。以下是一些例子。

國家為了縮短某些差距與實質不平等，提供某些群體在教育或社會生活上的優惠，這種施政被稱作是「積極平權措施」，例如繁星計畫、原住民大考加分等等。

↓

無論是繁星計劃還是原住民大考加分，都是國家為了縮短某些差距與實質不平等，提供某些群體在入學或社會生活上的優惠，這種施政被稱作是「積極平權措施」。註5

在原始的段落裡，你必須度過一連串抽象說法，最後才知道「噢，原來講的就是原住民加分這種啊！」若我們把句子倒過來寫，用最具體的部分開頭，讀者就容易馬上理解這段在談什麼東西。

此措施無法達成先前預期的，正反代表意見交換的效果。

↓

此措施無法如先前預期，達成正反代表意見交換的效果。

原始的段落因為句子太長不好閱讀，透過文法轉換，可以切成兩個半句。

然而，就算學校把教學發包給企業，學校還是必須對教學成果負起責任。

↓

然而，就算把教學發包給企業，還是必須對教學成果負起責任。

原始的段落裡「學校」出現了兩次，有點累贅，可以去掉而不影響文法和文意。

要訓練自己調整句子，最簡單的方法是自己讀自己的文章，看看哪些段落讀起來最無聊。如果你覺得你寫的東西實在是有趣斃了，可以讀十次看看。

註5 同註3。

練習》

下面這短文摘自朱家安大學時代寫的部落格文章，現在看起來實在是不怎麼好讀。請用本文提到的幾個技巧幫他改寫看看。

痛覺只為有意識且可以自由行動的個體帶來基因延續上的優勢，所以，植物有痛覺或任何知覺的機率比起動物是微乎其微。

根據演化論，決定一個物種要長成什麼樣子的是基因，而決定哪些基因會被一起延續下來的是天擇。也就是說，現存生物所具有的任何特徵，都會滿足以下任一點：

1. 這項特徵對該物種的基因延續有幫助，或者
2. 這項特徵是另外一項特徵的副產品

也就是說，現存的特徵要嘛直接對生物

的基因遺傳有益，要嘛好歹它也得是別的對生物的基因遺傳有益的特徵的副產品。換過來說，如果我們發現現存的特徵對基因延續沒有益處，也不是其它對基因延續有益處的特徵的副產品，可能我們就必須質疑自己調查得詳不詳細。而如果那個對基因延續沒有益處，也不是其它對基因延續有益處的特徵的副產品的特徵我們並不清楚它實際上存不存在，最好的解釋就是它不存在，因為它沒有理由存在。

十四、論說文的細節：邏輯、語氣、文內指涉

前篇文章提到論說文的文法、抽象和簡化要點。現在我們繼續介紹另外幾個好用的技巧。

邏輯差異

在〈十、友善理解〉，我們介紹了句子的強弱之分。越強的句子宣稱的內容越多，需要越多理由和證據才能支持。原則上，如果我們可以用比較弱的句子完成論述，就不會用比較強的，因為一個論述宣稱的東西越多，越容易被推翻。

強弱之分值得注意，因為語言很微妙，有時候你會寫出你其實不想表達的東西。下面兩個段落，都是在評論某個單位的對外發言，想想看，它們表達的意思有什麼不同：

他們只是支持廢除死刑公開辯論，而不是支持廢死。

這只代表他們支持廢除死刑公開辯論，不代表他們支持廢死。

你可以想一分鐘，再繼續讀下去。

・・・

這兩個句子的差別在於，上面的句子暗示該單位不支持廢死，下面的句子沒有這種暗示。然而，這兩個句子的差異微妙，不容易發現。如果你只需要下面的句子就能完成你想要的論述，但不小心寫成上面的，你就冒了不必要的風險：如果該單位事實上支持廢死，你的文章裡就多了一句違反事實的話。

銜接語氣

在〈十二、論說文的兩種擴充〉我們提到，如果你的文章結構複雜，就必須讓讀者清楚知道每個段落扮演的角色。哪個段落是用來表達主張？哪個段落是用來說明理由？哪個段落是用來介紹對手的論點並反駁之？這些都要非常清楚才行。

要讓段落扮演的角色清楚，你得熟悉各種承接用的詞彙。基於篇幅，我們沒辦法介紹所有相關的詞，不過我們會指出一個方向，讓你知道將來可以怎麼靠自己判斷。

並且、可是、因為

這三個詞，在中文文法裡，都可以用來連接兩個句子，形成一個長句子。它們的差別，也顯現在長句子的文意差別上。

小明喜歡小花。
小明買了馬克杯送小花。

小明喜歡小花，
並且小明買了馬克杯送小花。

這兩組句子沒有什麼差別，因為「並且」是中性的連接詞。
不過接下來就不一樣了：

小明喜歡小花。
小明買了馬克杯送小花。

小明喜歡小花，
可是小明買了馬克杯送小花。

如果上面的句子成立，下面的兩個句子都會成立，所以上面的句子表達的意思沒有比下面更多。然而，下面的句子用了「可是」，因此多暗示了一個意思：因為小明喜歡小花，所以小明買馬克杯送小花，是一件奇怪的事，有可能小明相信小花不喜歡馬克杯，或者小明覺得馬克杯是很沒誠意的禮物選擇。

「可是」這個詞暗示前後句子雖然都成立，但在語氣上有衝突，這讓它適合用來標示反對意見或疑慮。例如：

- 核能可以穩定發電，可是……
- 死刑可以確實避免再犯，可是……
- 我沒有歧視同志我也有很多同志朋友，可是……

參考〈十一、論說文的架構〉的短文範例，可以看出怎麼用連接詞來銜接各種段落：

香菜是台灣料理常用的調味料，舉凡粽子、肉羹都可能出現香菜。不管你喜不喜歡，在台灣的夜市和餐館，都有可能偶遇香菜。

香菜很常見，但我認為香菜不是人吃的。當然，吃香菜不會死，我們也不可能立法禁止吃香菜，不過我認為，凡是在意食物滋味的人，都不該吃香菜。

為什麼人不該吃香菜？因為香菜是一種味道很重的香料，不管你喜不喜歡香菜的味道，香菜的味道都會遮蔽食物裡其他原料的味道，這讓食物的滋味變得單調。

所以，如果你想吃出好滋味，你應該避開香菜。

文內指涉

當文章內容複雜到一定程度，我們必須面對的挑戰，是讓讀者搞清楚哪些文字指的是文章裡的哪些段落。

反同人士認為同性婚姻會傷害家庭價值。小明指出，反同人士的想法是建立在另一個想法上，也就是說好的家庭必須由一夫一妻組成。小明認為這個想法不見得成立，並主張自由社會應該歡迎各種家庭組合。然而，小明的想法也建立在另一個想法上，也就是說所有家庭的組合都值得嘗試，我認為這個想法並沒有比前述想法更站得住腳。

讀完文章，我們來做個閱讀測驗。文章裡提到的「想法」總共有四個，比對看看，文末的「這個想法」和「前述想法」分別是指哪兩個：

1. 同性婚姻會傷害家庭價值。
2. 好的家庭必須由一夫一妻組成。
3. 自由社會應該歡迎各種家庭組合。
4. 所有家庭的組合都值得嘗試。

身為前面這個短文的作者，我會跟你說：「這個想法」指的是（4），「前述想法」指的是（2）。然而，就算你沒有很快認出答案，或者根本認不出來，也不是你的錯，因為上述短文沒有致力於讓讀者容易區分我提到的各種想法。

在一篇論說文裡，同樣的想法可能會以不同角色在不同地方出現，它可能在第二段以「支持對手的主張的理由」的面貌出現，在第四段被拿來跟作者自己支持的幾個理由比較，在最後一段遭到作者提出的科學數據打臉……等等。

如果你需要在文章裡好幾次提及先前提到過的好幾個想法，你需要一個好系統來避免讀者混淆。在這部分，有兩個方向可以嘗試。

首先，你可以在想法前面加上形容詞，讓讀者知道那是哪個人的想法。以這個做法來說，只要初步修改上述短文的結尾，就可以讓讀者在「閱讀測驗」上表現得更好：

……我認為小明的這個想法並沒有比反同人士的想法更站得住腳。

再來，你也可以用不同詞來標示不同層級的想法。如果你仔細看，會發現在短文裡，四個想法之間有層級上的關係：（2）支持（1）、（4）支持（3）。如果我們把這些關係用詞彙標示出來，就更好懂了：

反同人士認為同性婚姻會傷害家庭價值。小明指出，反同人士的主張是建立在另一個預設上，也就是說好的家庭必須由一夫一妻組成。小明認為這個預設不見得成立，並主張自由社會應該歡迎各種家庭組合。然而，小明的主張也建立在另一個預設上，也就是說所有家庭的組合都值得嘗試，我認為小明的預設並沒有比反同人士的預設更站得住腳。

以原版的短文來說，我們其實無法分辨「小明的想法」指的是（3）還是（4）。

不過一旦我們在撰文時做出「主張」跟「預設」的區分，後文要再度提到這些想法，就有更明確的詞可以使用。

練習》

用本文提到的幾個技巧改寫看看下面這篇文章：

「品味其實本身沒有高低之分」是一個價值上的相對論立場，以下我把它叫做「品味相對論」。幾乎所有的相對論立場都會遭遇的一個質疑就是，如果那樣的區別事實上不存在，那麼為什麼我們會做出那樣的評價或是判斷。

而賈斯丁用「真正的差別在於有特定愛好的這些人他們的社會地位高低」來企圖說明我們平常對於品味所下的高雅或粗俗之類的評論的來由。當我們說喝葡萄酒是高雅的；喝啤酒是粗俗的，那是因為喝葡萄酒的人大多有錢、生活品質好，而我們羨慕有錢、生活品質好的人。對於這個想法，我把它叫做「品味選擇的地位論」。

對於品味選擇的地位論，我相信我們可以找到一些社會現象來佐證它，比方說當一個社會的國民所得提高，大家都有錢買某種名牌之後，過去是高雅生活的代名詞的那種名牌在人們心裡的形象反而下跌之類的情形。

不過要注意的是，人們選擇喜好的原因是很複雜的，這個品味選擇的地位論企圖就很大的樣本做出部份且粗略的描述，卻不一定可以完整說明一個人持有某種品味的所有原因。一個人選擇持有某種品味，可能不僅僅因為持有某種品味的人的地位通常比較高。不過，根據我對社會的觀察，這樣的情形應該是有的，至少有一些人的品味選擇是來自於他們對於某些人的地位的羨慕。

十五、什麼是謬誤？

「批判性思考」（critical thinking）雖然名字很兇，不過並不是要大家都變得咄咄逼人，而是要讓人養成嚴謹思考的習慣。目前而言，多數批判性思考課程都會有大篇幅的內容介紹各種謬誤（fallacy）。粗略來說，謬誤是人類在思考時犯的常見錯誤。哲學家把這些錯誤分門別類整理起來，希望能藉由熟悉人類在過去犯的錯，來減少在未來犯錯。

哲學家整理的謬誤非常多種，例如，以〈九、評估論證〉討論過的「白馬論」來說，在某種詮釋底下，白馬論論證犯的謬誤，可以算是一種歧義的謬誤，藉由同一種詞的不同意思，來讓結論顯得比事實上合理：

1. 黑馬是馬。
2. 白馬不是黑馬。
3. 所以，白馬不是馬。

「是」有兩種意思：「等於」和「屬於」。區分這兩個歧義，就可以理解上述說法哪裡有問題。歧義不只出現在謬誤裡，而是散見於日常語言，我們甚至可以用歧義來開一些白爛的語言玩笑，例如：

1. 口袋有十塊錢，比沒有東西好。
2. 沒有東西比家庭價值好。
3. 口袋有十塊錢，比家庭價值好。

我們在〈五、為什麼討論這麼難？〉介紹過人的各種偏誤：人的認知機制並不公正，會讓我們做出特定方向的偏差判斷，例如說，在判斷對自己有利的證據是否合理成立的時候，我們往往會更加寬鬆。偏誤是一種心理傾向，當人被這種傾向影響做出判斷，並且被要求說明自己的判斷為何合理，我們的說明可能就會包含謬誤。

如同歧義的謬誤，大部分謬誤都是關於人如何做論證。有些謬誤引誘人做出有問題的推論，有些謬誤引誘人預設自己無法說明的前提。一般的批判思考教科書，大多會列出十幾二十種謬誤，希望人藉由熟悉各種謬誤，來避免自己犯謬誤。我們採取另一種做法，深入介紹少數幾種謬誤，說明這些謬誤的犯錯所在，以及一些比較細微的判斷眉角。希望大家在了解和思考這些值得注意之處後，在將來能擁有自己判斷的習慣和能力。

接下來你會看到幾種謬誤的分析，我們想預先提醒大家，讀完這些東西之後，你可能會忽然發現平常自己接收到的言論都充滿謬誤。這某程度上是正常的，因為人類基於天性，本來就容易犯謬誤。然而我們得要注意：

1. 單單指出別人犯了某某謬誤，對討論通常沒有幫助。因為通常別人不會因此了解自己錯在那，也不會被說服。這是為什麼我們選擇深入介紹少數幾種謬誤，藉由這樣做，我們希望讓大家理解可以謬誤出錯之所在，並且在真的遇到需要溝通的謬誤時，能夠用自己的語言向其他人說明。
2. 人拿著槌子的時候，看什麼都像釘子。一些批判思考課程的經驗讓我們知道，學生確實有可能因為學了批判思考，而更容易把一些實際上不是謬誤的東西看成謬誤。這讓上一點當中的「用自己的語言說明」變得更重要：你必須要能夠說明自己的思路，才能確定自己的思路有道理。
3. 如果你太常指出別人犯謬誤，你的朋友會變少。

練習》

下面哪些說法讓你覺得怪怪的？為什麼？

1. 過去十幾年，價值觀改變了，人不覺得自己非得擁有房子和土地不可，這是為什麼現在的台灣年輕人當中擁有房子的比例不高。
2. 尊重別人就是尊重自己。
3. 比爾蓋茲的年收入是三十一億美元，平均每秒賺進一百美元，所以如果比爾蓋茲看到地上有十美元，他是不會撿的，花兩秒鐘彎下腰撿十美元，反而損失了一百九十美元。

十六、訴諸權威的謬誤、以人廢言的謬誤

學校教育有時候令人困惑，有些老師會一面告訴你不該訴諸權威，一面又告訴你，寫作文的時候若要為自己的主張提供佐證，可以引用名言佳句。到底什麼時候可以引用「權威」說法，什麼時候不行呢？癥結在於什麼是權威、怎樣的權威能為怎樣的論述提供好理由。

阿華：關於什麼該相信、什麼不該相信，我們不該訴諸權威，對吧？
小明：對呀。
阿華：但是如果醫生說你應該停止空腹喝咖啡，你應該聽他的，不是嗎？
小明：對呀。
阿華：這樣不算是訴諸權威嗎？

這樣不見得算是訴諸權威，因為「訴諸權威」（appeal to authority）指的其實是訴諸「不夠格的權威」。

日常生活中我們必須做的那些決定，其實仰賴非常多我們不懂的事情。隨著知識增長，我們對於這個狀況越來越了解：自身知識不足，需要其他人給建議。而那些受到社會認證、被信任可以給出好建議的人，則被稱為專家。社會學專家可能會告訴你，專家的養成和篩選並非完美，而是涉及非常多主觀、價值甚至有歧視嫌疑的因素，不過，一般來說我們會認為，被恰當認可的專家在他專長領域裡的判斷，會比外行人的判斷更容易符合事實。

在相關領域獲得信賴的權威，不需要說明太多推論步驟，就可以提供值得相信的說法。你可能會問你的醫生「為什麼我該吃這個藥？」，他可能回答「因為你喉嚨發炎，這個藥可以消炎」。如果你剛好對發炎有點好奇，可能會多問兩句，而醫生多說明兩句，但是你不可能在診間裡要求醫生提出這組藥真的有消炎效果的完整說明，還必須說明到生物化學層次。

反過來說，對醫學沒有權威的人，若要提供醫學建議，就必須提供更多說明，或乾脆援引權威說法。這也是我們實務上在討論事情的時候會做的事。我們大概不至於在專業領域輕信路人的意見，但如果我們在專業領域輕信其他領域的權威的意見，例如說，在醫學上輕信節儉的權威（我爸）的意見，或是國文的權威（我的國文老師）的意見，可能就犯了訴諸權威的謬誤。

小心名言佳句

同樣的道理，寫文章要主張「凡是人，多多少少有行善的動機」，引用孟子「人性本善」可能沒什麼幫助，因為孟子並不是人類心理傾向的專家，這樣的引用或許可以讓文章看起來更有深度，或者作為吸引人的開場，但是無法提供說明和舉證的效果。

要論證「凡是人，多多少少有行善的動機」，比較合理的佐證應該是心理學報告，或者演化生物學的研究，而不是孟子的「人性本善」。事實上，你的生活經驗，或許都比「人性本善」一句話有說服力。類似地，如果你想要討論人類存在的意義，蔣公的「生命的意義在創造宇宙繼起之生命」也不是好選擇，因為那只是蔣公的意見而已，就算基於修辭或裝飾的考量引用了這句話，你還是必須老實說明，為什麼這句話的看法合理。

此外，有時候名言佳句之所以看起來有道理，只是因為模稜兩可。例如，在討論人如何才能成功時，我們常用「失敗為成功之母」這句話。我們可以比較這句話的幾種詮釋方式：

1. 每個成功，都是過去的失敗導致的。
2. 每個失敗，都會導致成功。
3. 有些成功，是過去的失敗導致的。
4. 有些失敗，會導致成功。

很容易看出，（1）和（2）不會成立，而（3）和（4）縱使成立，對於「人要怎樣才能成功？」這個問題來說，也幾乎是沒有意義的空話。換句話說，「失敗為成功之母」這句話要能合理成立，必須要詮釋到弱到沒有意義的地步。這句話或許可以在修辭上提供一些安慰的效果，但很難幫上論證的忙。

以人廢言

醫生的權威身份，有助於你辨認他在醫學領域的發言「即便不舉證，也可以信任」。關於身份與發言的可信度，在公共討論裡有一種相反方向的辨認機制，認為「若某人有某種特質或身份，那他在某領域的發言就不可靠、舉證則可以忽略」。在台灣為女權發聲的生理女性可能會被酸「先當過兵再來說話」，意味著如果說話的人不像男人一樣當兵，其論點就不足採信。相對於「輕率相信不夠資格的權威」的權威謬誤，這種「輕率拒絕自己認為不夠資格的人的說法」的判斷傾向，被稱為「以人廢言」（ad hominem）。

在某種意義上，以人廢言比訴諸權威更錯。當我們訴諸權威，這通常是因為我們訴諸了錯誤的權威，沒有訴諸正確的權威。當我們在高度價值爭議的話題裡以人廢言來攻擊對手的時候，我們似乎在說對方沒有權威和資格提出值得考慮的發言，然而，高度價值爭議的話題裡，常常是沒有資格和權威可言的。醫生可以在不舉證的情況下告訴你「你喉嚨發炎了」、「這個藥有效」，但是沒有人可以在不舉證的情況下告訴你「高中生應該穿制服」、「死刑應該廢除」、「我國應通過同性婚姻」。民主社會裡公共道德爭議的特殊性在於，每個人都必須自己對自己證明自己的立場站得住腳，別人可以提供論點、分析、相關的科學判斷給你參考，但是無法替你做決定。

你可以支持廢除死刑，但是理由必須是例如「我覺得誤判不划算」、「根據〇〇〇的研究，死刑的嚇阻力跟無期徒刑差不多」、「我認為死刑侵害了人的自主性」，不能是「因為〇〇〇認為應該廢除死刑」。當然，即便在高度價值爭議的話題裡沒有資格和權威可言，也不代表每個人的每種意見都一樣正確，或者沒有對錯之分，這僅僅代表：每個人的每種意見，都不能跳過說明和舉證，直接拿身份或資格通關。

此外，以人廢言會傷害公共討論，因為它鼓勵自己人忽略對手的論點。當你覺得

「〇〇〇不意外」足以作為回應，你和對方之間自然不會討論下去。當然，我們並沒有責任處理所有對手的所有論點並提出完整報告書。但當我們基於對方的立場和身份把它的論點判斷成「理所當然是錯的」，互相理解、糾正、妥協或化解誤會的機會也會跟著消失。[註1]

註1 本文改寫自朱家安，二〇一六〈訴諸權威、以人廢言、×××不意外〉，udn鳴人堂。

練習》

試著找出好理由來支持下面這些名言佳句，必要的話，你可以把名言佳句詮釋成你覺得能夠支持的版本，但請盡量避免那種弱到幾乎沒有意義的版本：

- 腹有詩書氣自華。
- 過程比結果重要。
- 態度決定你的高度，格局決定你的結局。

十七、滑坡謬誤：概念的滑坡

「高中不要玩社團，玩了社團會荒廢學業，荒廢學業考不上好大學，沒有好大學就沒有好工作，最後一世人撿角。」

這串話可以嚇嚇小孩，但是細想之後會發現它缺乏基礎：只不過是玩個社團，憑什麼說後面那些事情會發生？

上面這種「後果連串發生，最後導致你超級不想要的結果」的說法有時候會被認為是「滑坡謬誤」（slippery slope）。滑坡謬誤常常出現在這種情況下：

1. A想說服B放棄某個計畫。
2. 於是A跟B說明，該計畫啟動後有極大可能性會引起一連串的後果，誰都無法阻止，最終將帶來B不想要的災難。
3. 然而，對於那一連串因果關係，A並沒有給出足夠舉證，因此缺乏說服力。

不難看出，本質上滑坡謬誤是一種「試圖說明初始事件最後會帶來負面後果，但失敗了」的論述，之所以被稱為「滑坡」，是因為這種論述的特色在於，從初始行為到最終負面後果，必須「滑」過一連串的因果事件。

然而在實務上，人們偶爾也會用「滑坡」來描述那些「雖然沒提到一連串因果事件，但從初始行為到負面後果的說明令人感覺很扯」的說法，例如國民黨立委呂學樟在二〇一四年司法與法制委員會上質疑的：

如果同性跟同性可以結婚，那人跟寵物會不會也可以結婚？

在這種情況下，「滑坡」的意思可能接近於「滑太遠了吧？」，用來強調批評者認為對方指出的負面後果不太可能真的出現。然而，不管是典型的附贈一連串因果事件的滑坡論證，還是主張最初行為會直接導致負面後果的論證，說服力的訣竅都在於替自己宣稱的因果關係做更多舉證。

概念的滑坡

上面我們談的都是因果關係連起來的滑坡，不過在哲學和批判思考課堂上，滑坡不見得必須以因果形式發生，也可能是純粹概念上的，例如：

1. 受精三百天的胚胎可以算是人。
2. 受精兩百九十九天的胚胎，跟受精三百天的胚胎比起來，並沒有重大區別可以改變它是否有資格算做人，因此受精兩百九十九天的胚胎也是人。
3. ⋯⋯
4. 受精第一天的胚胎，跟受精第二天的胚胎比起來，並沒有重大區別可以改變它是否有資格算做人，因此受精第一天的胚胎就已經是人了。
5. 打從受精開始就不能墮胎或中斷胚胎成長，否則就是殺人。

這個反對墮胎的論證，訴諸了胎兒在每個成長時間點的相似性（或者說，在概念上的難以區分），主張只要卵子受精後，就應該被當作人來對待。你當然可以回嘴：「拜託，誰會把受精第一天的受精卵叫做『胚胎』！」但只要你沒辦法給出一個明確的判準來說明，「人」是在受精卵的哪個成長階段之後出現，對方就永遠可以拿相似性出來挑剔。在「受精卵 VS. 人」的例子裡，舉證責任被如此轉移到認為受精卵不見得就是人的一方身上。

因果滑坡跟概念滑坡可以這樣比較：

・**因果滑坡**

事件一會導致事件二，事件二會導致事件三……事件九十八會導致事件九十九。因此若事件一發生，最後事件九十九就會發生。

・**概念滑坡**

概念一具有X性質，概念一跟概念二在X這方面沒有顯著差別，所以概念二也有X性質……概念九十八跟概念九十九在X這方面沒有顯著差別，因此概念九十九也有X性質。

雖然彼此在理論上不太一樣，不過因果滑坡和概念滑坡偶爾會一起出現，甚至互相混雜。有時候你會發現，一些人之所以擔心某些因果滑坡會出現，是因為他們認為特定的概念滑坡已經存在。例如，對同婚支持者當中的大多數人來說，「同性婚姻會導致多人婚姻和人獸婚姻」很難以理解；然而，如果你可以想到，有些反同人士其實是這樣想的，或許就能比較了解他們的擔憂：

現在的婚姻制度，就是一男一女才可以結婚。如果同性婚姻合法化，代表一男一女的規定被打破了。在這種情況下，不符合一男一女的多人婚姻和人獸婚姻，不就都有了可能性嗎？

對於某些反同婚人士來說，同性婚姻跟多人婚姻、人獸婚姻的共通點在於，它們都是打破「一男一女才能結婚」規則後的產物。以這一點來說，它們確實是同一類，故如果不想支持多人婚姻和人獸婚姻，又想在這個議題上取得溝通進展，同婚支持者必須找出一條規則，明確的在「異性婚姻、同性婚姻」和「多人婚姻、人獸婚姻」當中做出區分。即同前述例子中，支持墮胎的人必須說明「人」和「尚未成為人的受精卵」之間的線要劃在哪一樣。

姑且不論合理性，單就技術而言，我相信多數人會認為區分適婚組合比區分受精卵和人簡單，只要用這樣的規則應該就可以達成目的——「兩個成年人類才能結婚」。日常討論裡，概念的滑坡和因果的滑坡時常混合出現，值得多注意。在下篇文章，我們會進一步說明怎麼分析因果的滑坡。[註1]

註1 本文改寫自朱家安，二〇一七〈從同婚到人獸婚：滑坡謬誤的特徵、生態和應對方式〉，udn鳴人堂。

練習》

面對不守規矩的學生，有些老師會說：「給你們方便，你們當隨便。」在群體活動、學習秩序的脈絡裡，你覺得「方便」跟「隨便」的界線應該怎麼劃？

十八、滑坡謬誤：因果的滑坡

在〈十七、滑坡謬誤：概念的滑坡〉我們開始介紹「滑坡謬誤」：藉由一連串推論最後導致誇張結果的謬誤。在這裡我們繼續談談滑坡謬誤值得注意的地方。

首先必須提醒大家。雖然「滑坡謬誤」是謬誤，但這並不代表所有「滑坡形式的論證」都有問題。只要舉證夠紮實，你當然可以說服別人相信特定的初始行為會引發一連串你難以阻止的因果關係，最後導致可怕後果，你可以想像一下，醫生是如何說明喝巴拉松會導致一連串生理反應最後讓你死去，或者參考這個例子：

大雄：你是誰!?
來自未來的大雄：我是來自未來的大雄，你聽我說，今天千萬不要出門！
大雄：為什麼？
來自未來的大雄：如果你今天出門，靜香就會找不到你，只好約王聰明寫功課，讓王聰明有機會在靜香面前解超難的題目……最後他們會結婚了！
大雄：什麼!?

如果你有看過哆啦A夢，就會知道來自未來的人講的事情一定是對的。（不過，就算你照著他們的指示做，不好的後果通常還是會照樣發生。）

總之，雖然我們提到「滑坡」的時候通常是指我們認為不成功的論述，但還是存在合理的滑坡論證，而原則上，只要你有辦法找到足夠多理據，用來支持所主張的一連串因果事件，滑坡謬誤也會轉而成為合理的滑坡論證。

掌握這些事情後，我們也會知道讓滑坡論證成為滑坡謬誤的常見癥結：舉證不足。如果你面前的論述是滑坡謬誤，而不是合理的滑坡論證，那你一定可以找到推論當中舉證不足之處。

狗伯特：還好人的眼睛長在臉上而不是腳上。

呆伯特：什麼？

狗伯特：如果人的眼睛長在腳上，人就沒辦法開車，如果人沒辦法開車，就沒辦法約會，沒法約會就沒有小孩，最後人類就會毀滅了。[註1]

註1 這個惡搞的例子來自美國漫畫家亞當斯（Scott Adams）。

野生的滑坡出現了！

遇見看起來像是滑坡論證的東西，該怎麼辦？首先當然是檢查它是否真的具備滑坡論證的形式：

因果前提：對方認為初始行為會（經過一連串因果事件）難以避免地導致最終的負面後果。

價值前提：對方主張該負面後果我們無法承受。

結論：對方反對執行初始行為。

在這個條列式整理下，回應滑坡論證的方式也呼之欲出。針對因果前提，可以檢查對方對於因果關係的說明是否充足，並進一步詢問、要求舉證。值得注意的是，在實際的討論裡，有時候舉證責任會被不合理地轉移到面對滑坡論證的一方身上。例如說，在爭取服儀解禁的時候，往往似乎是學生被迫要去證明說，就算可以留頭髮和穿便服，成績也不會一落千丈。

如果把論辯當成「理性溝通尋求最合理結論」的活動來看，上述處境並不算公平，不過以現實而論，就算你不幸落到這種處境，也不是什麼事情都沒辦法做。例如說，你有機會舉出反例，說明對方的因果前提不可靠，例如：「政大附中不用穿制服，即便考慮入學分數，成績也沒比較差」、「目前全球有二十個國家通過同性婚姻，但沒有任何國家認真地在考慮讓人獸婚姻合法化」。當然，如果滑坡論證的使用者能主動提供相對應的說明，也能讓自己的說法更有效果。

另一種反對因果前提的策略，是指出「滑坡停止點」的位置。在〈十七、滑坡謬誤：概念的滑坡〉討論同性婚姻和人獸婚姻在概念上的異同時，就是用這樣的規則來畫停止點：「只有兩個成年人類才能結婚」，如果一個社會對這個說法有共識，那滑坡就會在同性婚姻通過後直接停下來，不會繼續進展到多人和人獸婚姻。註2

註2 本文值得注意的是，即便同性婚姻不會滑坡到多人婚姻或是人獸婚姻，也不代表多人婚姻和人獸婚姻不合理，或是不可能在將來出現。畢竟「A會滑坡到B」的條件是很嚴格的：A最終會導致B發生，而且我們無法避免。不管同性婚姻合法化的進展如何，多人婚姻和人獸婚姻的支持者在概念上都可以爭論怎樣的婚姻資格才合理，在因果上也都可以企圖努力讓自己肯定的政策實現。

當然也有些討論需要更複雜的停止點。例如部分反對同性婚姻的人主張，同性婚姻的合法化，將會導致社會逆向歧視宗教人士，例如信仰虔誠的糕點師會因為拒絕幫同性伴侶做結婚蛋糕而吃上官司。

這個說法看起來像是因果滑坡，但如果我們可以引用某些宗教自由或言論自由的分析，把停止點劃在「讓同性婚姻合法化」和「糕點師依法不得拒絕替同性伴侶做結婚蛋糕」之間，也可以舒緩對方的疑慮。註3

再來，針對價值前提，雖然並不常見，不過直接吞下也是個選項，例如：

反對同性婚姻的人：如果女女可以結婚，我們就沒辦法寫族譜，沒有族譜就沒辦法祭祖了！

不喜歡祭祖的人：耶！註4

註3 我的意思並不是說，我認為糕點師有權根據宗教信仰去拒絕服務特定案主。這有討論空間，但這篇文章已經寫太多字了。

註4 本文改寫自朱家安，二〇一七〈從同婚到人獸婚：滑坡謬誤的特徵、生態和應對方式〉，udn 鳴人堂。

練習》

下面這個論證哪裡有問題：

作學生就是要盡好學生的本分。如果學生不想穿制服就可以不穿制服來上學，那接下來學生是不是也可以不聽課、不交作業、不考試？

十九、矛盾

粗略來說，「矛盾」的意思是指你相信一組不會同時成立的事情，例如「小青是女的」跟「小青是單身漢」。不管是在生活上還是邏輯上，矛盾都不好，不過背後的原因不太一樣。

在哲學研究的形式邏輯（formal logic）領域，大家不喜歡矛盾，是因為在古典邏輯（classic logic）底下矛盾會蘊含所有事情，這會讓你的邏輯系統失去功能。這裡的細節有點宅，我們交代在下一節，如果你不在乎這些細節也沒關係，可以直接跳過下一節，不會影響閱讀。

哲學家為什麼不喜歡矛盾？

粗略地說，事情是這樣的：

1. 首先得先來個矛盾，因此讓我們假設「小青是隻水母」和「小青不是水母」都為真。[註1]

2. 再來，讓我們介紹一個新的句型：「要嘛P，要嘛Q」。這種句型的特色在於你可以把P和Q任意代換成其他有真假值的語句，並且，只要P和Q其中一個為真，「要嘛P，要嘛Q」整句話就會為真。

3. 既然小青是隻水母，那麼，不管我們把Q換成什麼，「要嘛小青是隻水母，要嘛Q」都會為真。在這裡讓我們姑且把Q代換成「台灣的首都是宜蘭」，因此我們得證：要嘛小青是隻水母，要嘛台灣的首都是宜蘭。

4. 你應該可以理解，「要嘛P，要嘛Q」這種句子有另外一個特色：如果整個句子為真，但P不為真，那麼Q就為真（把P和Q倒過來說也一樣）。

註1 在古典邏輯上，「矛盾」的門檻比較高。就算兩個句子不可能同時成立（如「小青是女的」和「小青是單身漢」），在古典邏輯上它們也不見得矛盾。要在古典邏輯的意義上矛盾，兩個句子必須要「不可能同時成立，也不可能同時不成立」，這個條件看起來很玄，但是其實很簡單，我們舉例的這對句子就是：「小青是隻水母」和「小青不是水母」。

5. 根據（3），「要嘛小青是隻水母，要嘛台灣的首都是宜蘭」為真，而（1）告訴我們「小青不是水母」也為真，所以我們可以得出「小青是隻水母」不為真。（確實，（1）同時也宣稱「小青是隻水母」，而我們在這個步驟完全忽視了這件事。不過古典邏輯系統並不要求我們必須檢查特定的語句才能做特定的證明：你只要湊齊需要的材料，就可以用規則證你想證的東西。）
6. 根據（4）和（5），我們得證：台灣的首都是宜蘭。
7. 回到（3），想一個你喜歡的句子，用它代替「台灣的首都是宜蘭」，重複接下來的流程。

如此一來，不管你想證什麼都證得出來。這個結果很荒謬，而且會讓「邏輯學」的期中考變得變得太容易，哲學家不喜歡這樣。註2

一般人為什麼不喜歡矛盾？

大部分人都不喜歡矛盾。你不需要是個念哲學的，甚至也不需要修過基礎邏輯，只要心智正常就足以讓你發覺矛盾這種東西有點怪怪的。哲學家不喜歡矛盾，是因為矛盾在古典邏輯底下可以推論出任何東西，一般人不喜歡矛盾，原因可能有很多種，最常見的或許是：如果一個人自相矛盾，我們會難以理解他的想法。

當然，我們都可以理解，某些決定內容龐雜、事關重大，所以人不會輕易下判斷，並且可能陷入一段時間的「矛盾」處境，例如：

小張：我想念哲學，哲學看起來滿有趣的。

小張：但是哲學文憑對大學之外的工作沒什麼幫助，而且少子化已經讓哲學系開始倒閉了。

小張對於要不要念哲學系「感到矛盾」，不過這裡的矛盾其實不代表他（如同文章一開始定義的那樣）持有不可能同時成立的信念。他認為哲學有趣，並且認為哲學文憑在市場上沒有優勢，這兩者並不矛盾。小張的處境與其說是矛盾，不如說是「慾望

註2 公平地說，確實有些哲學家認為矛盾可以合理存在。例如皮斯特（Graham Priest）。不過秉持這種立場並不代表他們認為就算邏輯系統什麼都證得出來也無所謂。這種人通常會開發新的邏輯系統，藉由特製的規則來避免邏輯的功能被矛盾給摧毀。然後，期中考那個是開玩笑的。

衝突」，慾望衝突很正常，每個人每天都會碰到，並且也不代表理性上的缺失。

比較值得注意的矛盾，通常發生在說理的時候。當我們指責別人自我矛盾，而這種指責真的有道理、值得在意，通常也是發生在這種時候。

小張正在為大學校系苦惱，因為他喜歡哲學但知道哲學系畢業不好找工作，這種慾望衝突很常見，如果你因此指責他矛盾，他大概只會覺得這干你屁事。然而，如果小張試圖說服你相信哲學系是個好選擇，給的理由卻看起來有點矛盾，那你的指責就會比較有道理。例如：

小張：你該去讀哲學，因為哲學可以教你明辨是非。
小張：而且哲學討論沒有對錯，感覺很有趣。

如果哲學討論沒有對錯，那哲學如何可能教我們明辨是非？即便你善意地理解，認為上述兩個說法可能不見得真的有矛盾，至少你也會認為舉證責任在小張身上：小張應該多給一些解釋，說明他的「哲學可以教你明辨是非」和「哲學討論沒有對錯」之間真的沒衝突。在他提供好的解釋之前，我們不該認為自己可以同時接受這兩者。

矛盾的案例探討

有時候有沒有矛盾並不是很好判斷，二〇一七年六月，國家通訊傳播委員會（NCC）決定不處罰一則反對同性婚姻的電視廣告，根據報導，NCC說這則廣告：

「……內容雖有些誇大和不正確訊息，恐誤導視聽大眾，但在此議題上，需要更多的社會和解與包容，因此決議不予裁罰。」（蘋果日報）

有些人可能覺得這個說法有點矛盾：同性婚姻和性別歧視是當代社會的重要議題，我們討論的那則反同廣告正在使用誇大和不正確訊息來阻礙社會的和解與包容，而NCC卻認為，不處罰這則廣告，會對社會的和解與包容有幫助。

然而，就算一個行為阻礙了社會的和解與包容，這是否代表對行為者發動懲罰，能幫助社會的和解與包容？我們至少得在反同廣告的脈絡下給這個問題正面的答案，才能說明NCC的說法蘊含矛盾。

在二〇一七年的政大畢業紀念冊上，政大校長周行一的頭像旁邊被打上淺淺的「土皇帝」三個字。「土皇帝」是周行一當上校長之後的綽號，顯示學生們對他治校風格的看法。根據報導，畢冊製作小組宣稱這是因為他們在檔案上開玩笑最後忘記刪掉，而政大表示不會懲處，因為他們：

「……秉持尊重學生言論自由與自主權，相信學生是無心之過。」（自由時報）

你可以既相信學生是無心之過，又相信學生有言論自由這樣設計畢冊。不過，如果你要表達校方不干涉也不懲處的理由，你只能在其中選一個，因為：

1. 如果校方不懲處，是因為認為學生無心，代表校方認為：如果學生是有心的，就會被懲處。
2. 然而，如果校方是因為尊重言論自由而不懲處學生，剛好代表一件相反的事情：即便學生是有心的，也不會被懲處。

如果我必須用五百塊賭NCC和政大誰發表了自相矛盾的言論，這次我會賭政大。不過你看得出來，就算是這樣，政大的矛盾其實在當初也不算顯而易見。並且政大或許也有辦法加上一些事後補充，來說明他們其實沒有自相矛盾。

所以，生活中矛盾代表什麼？

如果NCC和政大被迫回應這篇文章，他們會怎麼說？發想一下可能的內容，你就可以理解，即便在討論時成功地指控對方自我矛盾，這通常也不會是一個K.O.，頂多只是在促使對方說更多東西來解釋或釐清自己的想法。不過如果你把討論當成一個彼此挖掘論點的過程，能有這種效果也已經夠好了。

值得注意的是，基於〈五、為什麼討論這麼難？〉提到的驗證性偏誤，筆戰的時候我們很容易高估對手自我矛盾的程度。假設我們在討論上表現得夠好相處，給對方夠多解釋的機會，你會發現對方真正的矛盾遠少於你當初認為的。

另一件值得注意的事情是，當我們指控別人矛盾，我們的意思不見得是論述上的矛盾，例如：

護家盟秘書長張守一以家庭價值為理由反對同性婚姻，這實在太矛盾了，他自己都外遇耶！

如果張守一的論述有矛盾，代表他的論證倚賴一組無法同時成立的說法，因此無法成立。但這個指控並不是在談張守一的論證，而是在談張守一這個人。你可以說張守一自己都沒遵守他自己宣稱的家庭價值、說一套做一套，不過這跟他宣稱的家庭價值是否值得遵守有什麼關聯？你得給出更多說明。

最後，就算你認為某則說法蘊含矛盾，僅僅指責「你這樣講自相矛盾」恐怕也不會有什麼溝通效果，要成功主張某人自相矛盾，我們通常需要具體指出他的說法哪裡產生衝突。跟本書介紹的其他謬誤一樣，要指認矛盾，很大程度仰賴你能用自己的話做出多少對方能聽懂的說明。

練習》

下面這些說法，哪些說法蘊含矛盾？哪裡有矛盾？

- 「屠殺猶太人的元兇希特勒毫無良心可言，這人可以說根本就不是人。」
- 「這部電影拍得很好，不過我不喜歡。」
- 「殺人犯理當處以死刑，因為殺人是最重的罪，沒有人有權殺人。」
- 「幹，就叫你不要講髒話。」
- 「我愛說什麼，是我的言論自由，所以你不該批評我。」

二十、論說文寫作實戰

今年學測國文新制上路，寫作測驗獨立考試，並分為「知性」、「情意」兩種。大考中心說，這是參考了大學校系對學生文字能力的期待，包括：

- 能觀察、了解、歸納現象，並提出意見。
- 能清晰具體地描述事實。
- 能寫出個人的經驗，表達內心的情感與想像。
- 能正確解讀圖表。
- 能正確穩妥地遣詞造句、謀段成篇。

我支持這個改革方向。要是都讀到大學了話還說不清楚、聽不懂，不管你讀什麼系，大概都會很不方便。況且，清晰具體地表達自己對事情的看法，對於有責任關心社會的公民來說，也是必要的能力。

然而，大考首次如此在乎論述性的理解和表達，此改制對於學生老師們來說，相信也是個新穎的挑戰。下面，我想說說我對這次「知性」寫作的看法，並分享一下我想到的寫作方向。

在考場，同學們需要在八十分鐘寫完「知性」和「情意」兩題。我的時間充裕得多，所以我會盡量把各種可以注意的地方列出來給大家參考。如果你是本屆考生，發現自己想得比我少，這也沒什麼大不了的，畢竟我有一整天可以寫。

第一題，短短一句也可能出錯

首先，我們來看看一〇七學年國文寫作測驗「知性」的題目（下一頁）：

自從有了電腦、智慧型手機及網路搜尋引擎之後，資訊科技的發展改變了人類大腦處理資訊的方式。我們可能儲存了大量的資訊，卻來不及閱讀，也不再費力記憶周遭事物和相關知識，因為只要輕鬆點一下滑鼠、滑一下手機，資訊就傳到我們面前。

2011 年美國三位大學教授作了一系列實驗，研究結果發表於《科學》雜誌。其中一個實驗的參與者共有 32 位，實驗過程中要求每位參與者閱讀 30 則陳述，再自行將這 30 則 陳述輸入電腦，隨機儲存在電腦裡 6 個已命名的資料夾，實驗中沒有提醒參與者要記憶檔 案儲存位置 (資料夾名稱)。接著要求參與者在 10 分鐘內寫出所記得的 30 則陳述內容，然後再進一步詢問參與者各則陳述儲存的位置 (資料夾名稱)。實驗結果如圖 1：

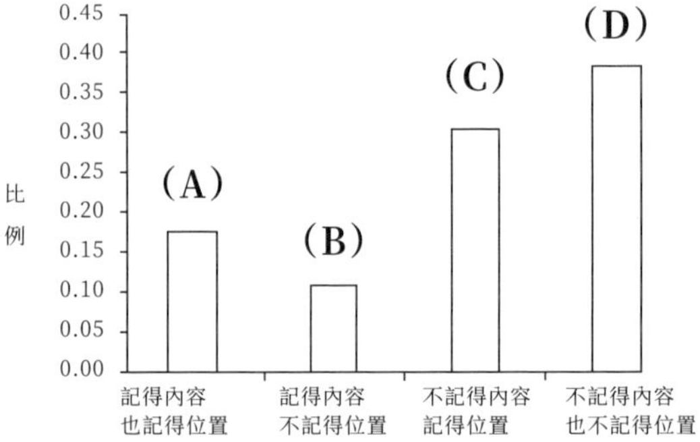

圖 1 記憶測試結果

請分項回答以下問題。

問題（一）：有甲生根據上述的實驗結果主張：「人們比較會記得資訊的儲存位置，而比較不會記得資訊的內容。」請根據上圖，說明甲生為何如此主張。文長限 80 字以內（至多 4 行）。（占 4 分）

問題（二）：二十一世紀資訊量以驚人的速度暴增，有人認為網路資訊易於取得，會使記憶力與思考力衰退，不利於認知學習；也有人視網際網路為人類的外接大腦記憶體，意味著我們無須記憶大量知識，而可以專注在更重要、更有創造力的事物上。對於以上兩種不同的觀點，請提出你個人的看法，文長限 400 字以內（至多 19 行）。（占 21 分）

文件來源：大考中心

第一題好像只要看懂圖表並且會中文就會寫。不過值得注意的是，你的寫法會影響答案是否符合題幹。

例如你可能想說，既然（C）所佔比例是（B）的三倍，代表：

・甲生如此主張，是因為實驗結果中，記得位置的人是記得內容的人的三倍。

很可惜，這是錯的。你沒有把那些「記得位置也記得內容」的人加上去。因此，寫成下面二者之一，才會符合實驗結果：

・甲生如此主張，是因為實驗結果中，僅僅記得位置的人是僅僅記得內容的人的三倍。

・甲生如此主張，是因為實驗結果中，記得位置的人比記得內容的人多了大約一倍。

上面這些答案都在四十字以內，並且它們都可以直接接：「……，此數據差距顯示，比起內容，人更容易記住資訊存放的位置。」成為有說明力的答案。

第二題，再戰實驗判讀！

國文寫作「知性」題目的第二題提出下面兩個觀點，並暗示學生可以引用前述實驗數據，寫出四百字以內的看法。

1. 網路資訊易於取得，會使記憶力與思考力衰退，不利於認知學習。
2. 網際網路是人類的外接大腦記憶體，意味著我們無須記憶大量知識，而可以專注在更重要、更有創造力的事物上。

這兩個意見看似矛盾，但〈十九、矛盾〉提醒我們在判讀上要更加小心。而且，值得注意的是，對照我們在〈八、重建論證〉裡提到的，要建立完整論證來顯示矛盾真的存在，需要一些前提。例如：

3. 記憶力和思考力的衰退，會妨礙我們進行那些更重要、更有創造力的事物。

然而，「記憶力衰退」是什麼意思？讓我們順著〈十、友善理解〉的思路來想想看。

顯然，當你把東西放在雲端記事本，想著「需要這份資料，再回來查就好」，這並不代表你的記憶力衰退。「記憶力衰退」的意思應該是，當你真的嘗試用腦記住東西的時候，成功的機率比以前更小。在這裡你可以發現，雖然（1）看起來是順著題目圖表來出，但是圖表顯示的數據，其實並不支持（1）。嚴格來說，圖表顯示的頂多是：

4. 如果人用電腦儲存資料，記住資料「位置」的機會，會大於記住資料「內容」的機會。

這跟（1）完全是兩回事。

值得注意的是，因為沒有對照實驗，上述圖表也不能顯示：

5. 比起用電腦記錄的資料，人比較容易記住自己用手寫筆記記錄的資料。

6. 當人把一份資料記錄在電腦裡，人忘記那份資料的機會就會增加。

在這裡，你可以用〈九、評估論證〉裡的區分分析看看，自己能否說明為什麼（5）和（6）無法從題幹推論出來。

當然，或許實際上（5）和（6）都是真的，不過，了解這些命題之間的差異，可以避免你寫出從題幹無法支持的說法，例如：

……前述圖表顯示，人容易忘記記錄在電腦裡的內容，如果這些內容對於創作來說很重要……

簡單地說，雖然題目暗示你可以引述圖表，但你應該注意自己的引述是否真的受到圖表支持。如果你把話說得太滿，你的文章就會變成坊間常見的那種誇大科學研究結果的錯誤報導。

單看圖表，能得到什麼有趣的論點呢？其實（4）本身就是一件有趣的事情：

4. 如果人用電腦儲存資料，記住資料位置的機會，會大於記住資料內容的機會。

一般來說，對人而言有意義的是資料內容，而不是位置。受試者會在沒被提醒的情況下傾向於記住資料位置，或許顯示了人的認知方式因為使用電腦（或者其他記錄器材）而有所改變。不過如果你要往這方向寫，得記住這只是個猜想。

正反交錯的文章怎麼寫？

題幹介紹了兩個意見，並且要求學生寫出自己的看法：

1. 網路資訊易於取得，會使記憶力與思考力衰退，不利於認知學習。
2. 網際網路是人類的外接大腦記憶體，意味著我們無須記憶大量知識，而可以專注在更重要、更有創造力的事物上。

即便我們沒有紮實可用的數據，還是可以用常識提供一些評論。要怎麼發想評論呢？這些問題會很有幫助：

- 這兩個意見符合事實嗎？
- 如果我覺得是，我有什麼相符的觀察可以分享？
- 如果我覺得不是，為什麼？
- 這兩個意見之間的關聯是什麼？它們真的衝突嗎？
- 對於這兩個意見討論的題旨，還有哪些可能的說法？

考慮這些問題，就更容易想到寫作方向。下面這些方向任選幾個，要湊成四百字文章是很容易的事情：

- 網路資訊容易取得，會讓記憶力和思考力衰退嗎？雖然我們手邊沒有數據，不過有個類比可以用：筆紙也是儲存資訊的工具，在筆紙發明之前，我們除了岩壁和龜殼什麼都沒有，但應該不會有人認為筆紙出現後人的記憶和思考能力下降。也不會有人認為說，要訓練記憶和思考能力，用岩壁和龜殼取代筆紙是個好點子。
- 雖然我們可以把網路當作外接記憶區，不過，當知識真的裝進大腦，可以隨時取得，會不會變得比較有價值？例如，若我要查網路才能回答各種關於台灣史問題，我能說自己懂台灣史嗎？這當中有什麼重要的差異？
- 網路作為外接大腦，有助於分擔認知工作。我們專心在更重要的事情上嗎？如果是的話，為什麼我昨天明明應該準備考試，還是花那麼多時間滑ＩＧ？
- 這兩個意見看起來衝突，但其實它們之間的關聯，需要我們把「記憶力」到底是什麼給搞清楚，才會比較明瞭（下接「再戰實驗判讀」一節）。
- 網路只是工具（老調），上面兩個意見的結論會不會出現，端賴我們怎麼用，例如我們可以這樣用……

訓練語文能力？打個筆戰吧！

當然，除了發想論點，你也得要有基本的語文能力，才能寫出文法正確、措辭恰當的語句和段落。再來，本書〈十一、論說文的架構〉至〈十四、論說文的細節：邏輯、語氣、文內指涉〉幾章，大致說明了論說文從零件到完成的步驟技巧，可以參考。

此外，我們也想提醒大家，寫作是能力而不僅僅是知識，要寫出好東西，除了參考我們給的理論說明之外，實戰也是非常重要的。

要進行論說的實戰，網路是很好的寫作練習場。找一個你感興趣的議題，跟其他在乎的人討論，跟他們介紹你的看法，據理力爭之餘也花心力注意自己是否進了最大努力把話說清楚。記得我們在〈五、為什麼討論這麼難？〉提到的心理學家泰洛克的觀察：如果你知道你的說法會受到在乎公平、資訊充足、立場不一定的人檢視，那你就會比較容易「把皮繃緊」好好思考合理的說法。我們相信，這些條件也是養成良好思考、書寫能力的條件。

我知道，有些人說社群網站興起讓學生習慣閱讀和撰寫輕薄短小的膚淺文字，造成語文能力低落。不過如同你看到的，大考的「知性」寫作測驗也只要求學生寫四百字，而如果你在網路上打筆戰，其實動不動就會超過這個數字。（而本文寫到這，已經超過兩千字）我自己是認為，師長應該想辦法看到年輕人因為網路而產生的溝通需求，並且好好「利用」這些需求，而不是讓自己受到「網路上面的東西比較沒價值」的刻板印象影響，錯失教育機會。[註1]

註1 本文改寫自朱家安，二〇一八〈學測國文寫作：網路影響認知嗎？〉，udn 鳴人堂。

練習》

請參考本文的介紹，回答一〇七學年國文寫作測驗「知性」的兩個題目。

情意篇

・朱宥勳

二十一、開頭：先拋餌，再解釋

從這一章開始，我們要來談記敘文和抒情文的進階技巧。這兩類文章，在「國寫」當中，是統合在第二大題來考核的。之所以統合在一起是有原因的。雖然「記敘」和「抒情」的定義完全不同，但實際寫作的時候，這些文章都一定會同時包含兩類手法。

所謂的「記敘」，指的是把事情記錄下來、敘述出來；而「抒情」是表達自己的情感。問題是，如果純粹紀錄敘述，而不帶有個人情感的話，文章就會很冰冷無聊（就像家電的使用說明書）；而如果純粹表達情感，沒有把產生情感的事件寫出來，文章就會很虛浮空洞（你一直告訴讀者「我好生氣」，但又不說為何生氣，誰要理你？）。所以，「記敘與抒情」一定是一起出現的，用記敘的手法把事件寫出來，然後透過事件帶出情緒，這才會讓讀者有感。

你如果聽過失戀的朋友訴苦，一定會知道我在說什麼。「失戀的心情」是一種情感、「失戀的過程」是一組事件，人們不講則已，一講一定是通通混在一起，一邊告訴你對方有多迷人有多渣，一邊說自己小小的心是如何被擊碎了。

你可以把「事件」想像成一塊生肉，而「情感」想像成烤肉醬或玫瑰鹽。只有生肉的文章是淡而無味的，只有醬料的文章則連食物都算不上。灑了玫瑰鹽的肉，才能變成一道好菜。

知道這個原理之後，我們就可以進一步思考文章要怎麼開頭了。文章的開頭，會大幅度影響讀者讀下去的意願。也就是說，如果開頭開不好，後面不管你寫多好都是白搭。而在大考作文的場合，閱卷老師可能只有三分鐘的時間讀你的文章，他可能不會細細讀完全文，但開頭和結尾是一定會看的。所以一個好的開頭，就有機會大幅增加你的「存活率」，加深閱卷老師的印象。

而什麼是好的開頭？很簡單，你只要記得「先拋餌，再解釋」這六個字就好了。因為人天生有好奇心，所以如果你一開場就丟一個莫名其妙的東西出來，讀者就會開始想「為什麼會這樣？」，這股尋找解釋的動力，就會讓他願意繼續往下讀。很多人會飯的錯誤是，他會丟一個不需要解釋的東西出來，或者太早把解釋講清楚。比如說，如果有篇文章的開場第一句話是「我覺得高中生應該要用功唸書」，那讀者幹嘛要往下讀？相對來說，如果有篇文章的開頭是「有時候，太用功唸書不是好事」，讀者馬上就會升起問號——什麼時候呢？什麼叫做太用功？為什麼用功唸書不是好事？

讀者心中一旦有問號，就會願意聽你接下來的解釋了。

所以，好開頭的秘訣無他，就是「先拋餌，再解釋」，而不是一開始就「話說從頭」。

如果要描寫一段友情，不見得要從認識的那一天開始講起。你可以先講一個考驗友情的重大事件（「他自己承受老師的責罵，也沒有出賣我」），然後再回頭去講這兩人的友情為何如此堅固。

而「拋餌」的方式有千百萬種，你愛怎麼拋就怎麼拋。如果你沒有靈感，你可以使用我們最前面討論出來的框架——要不就先拋「事件」，要不就先拋「情感」，拋了一個之後，另外一個就會成為前者的「解釋」了。你只要記住，別讓兩者一起出現，一定是一個當餌、一個當解釋，順序清楚就好。

我們可以用幾篇文章當案例。比如張拓蕪的〈他鄉與故鄉〉是這樣開場的：

那麼一丁點兒大，那麼個既乾又瘦又矮小的孩子，十二歲便不得不出外流浪。

這句話本身超級莫名其妙。這孩子是誰？為什麼十二歲就要出外流浪？流浪之後呢？這就是典型的「用事件開場」，反正就丟個事件出來，他後面慢慢再跟你解釋：原來這孩子就是作者本人，他接下來會流浪到台灣……

而魯迅的〈《吶喊》自序〉又是另一種莫名其妙了：

我在年青時候也曾經做過許多夢，後來大半忘卻了，但自己也並不以為可惜。

這就是標準的「用情感開場」。為什麼年輕時代的夢會被忘記？忘記夢想應該是悲傷的事情，為什麼他不覺得可惜？拋了餌，接下來他就會告訴你，為了這些夢想，他吃了多少苦頭……

不只是現代文學，古典文學的作家也很會拋餌的。不信你看歸有光的〈項脊軒誌〉的開頭：

項脊軒，舊南閣子也。室僅方丈，可容一人居。百年老屋，塵泥滲漉，雨澤下注；每移案，顧視，無可置者。

有沒有看到，他一上來就跟你介紹一個又小又破的房間。這房間是拿來幹嘛的？給誰住的？通通不解釋。等等他就會告訴你，這房間承載了多少他的人生回憶……

身為一名作者，你最需要養成的心態就是「忍耐」。你開場越是不疾不徐，越是能夠慢慢解釋，吸引讀者讀下去的能力就會越強。而當你能夠忍到讀者滿臉問號的時候，你寫什麼他都會迫不及待地讀下去了。

練習》

請以「我最討厭的人」為題，構思文章的開頭。你可以試著分別寫出「用事件開場」和「用情感開場」的開頭各一個，盡可能寫出能夠引起讀者好奇心的句子，每個開頭不超過一百五十字。

159　　開頭：先拋餌，再解釋

二十二、結尾：抓住漫不經心的讀者

我們在上一章談了如何開頭，也在〈三、畫大綱：小口小口吃，比較容易〉一章談到了如何用「話題」來充實文章的內容。接著，我們先來討論文章該如何收尾。

一個好的結尾，重要性僅次與好的開頭。開頭讓人想讀下去，而結尾則是讓讀者留下好印象的重要關鍵。大部分的讀者都是漫不經心的（包括必須一次閱讀幾千份作文的閱卷老師），他們很少會記得文章中段的每一個細節。你可以試著自己隨便讀完一篇文章，然後把眼睛閉上，心中默數三十秒後，問自己還記得什麼？我跟你保證，大概有一半以上的機率，你只會記得文章的結尾。

因此，好結尾的原則很簡單、但很多人做不到，那就是：堅定地把你的文章「目標」再說一次。

這裡的難點有二，一是「再說一次」，一是「堅定」。許多人對寫文章的想像，很像是在河川上漂流，他們希望每一段都要寫出新東西，所以就會無止盡地漂下去，自然不知道要怎麼結尾。但事實上，寫文章更像是在游泳池裡面游泳，水道的長度是固定的，我們的目標就是從一邊的牆游到另外一邊為止。因此，我們其實不用一直追求新東西，而只要反覆處理我們的「目標」就好了。

如果用一個簡單的圖表來呈現，一篇文章應該會長成下圖的樣子。

我們之前說過「要把目標貫徹到底」不是隨便講講的。從這個圖表來看，一篇文章的目標至少會出現三次：開頭一次、中間一次、結尾一次。你可能會覺得，這樣子也太混了吧？同樣內容幹嘛一直反覆寫？這是你從自己的本位出發，才會覺得太混，因為你很清楚知道你自己要寫什麼。但是讀者還不清楚啊，而且我們前面才說過，讀者都是漫不經心的，所以你必須一再提醒，才能讓讀者記住你要說的話。

你有沒有過擔任班級幹部，對全班宣布某件事情的經驗？如果你擔任過這種角色，你一定會

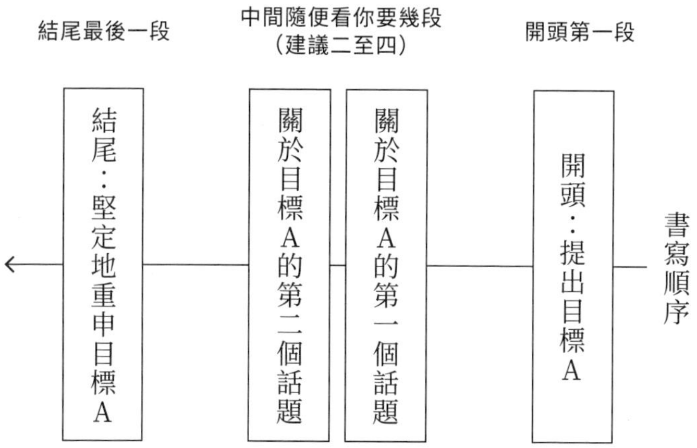

對人類的散漫深有體會。同一句話反覆說三次是基本的，因為就是有人沒聽到、沒看到。

所以，你必須收起自己的聰明才智，暫時將讀者當作眼殘的笨蛋。請不用擔心反覆說明會很煩人，反正你講三次他們也只會看到一次。在結尾之處，放心地重申你的文章目標吧！不管那個目標是「學校生活實在太無聊了」還是「我覺得多談戀愛有益身心健康」都一樣。

當你克服「再說一次」的心魔之後，下一個困難點是「堅定」。受到傳統文化影響，很多人常常不敢堅定地表達自己的意見，總覺得說話好像要留餘地。因此，有很多人會用模稜兩可的說法來結束文章：「朋友，你們說是不是呢？」或「讓我們一起迎向更美好的明天吧！」甚至是講了跟沒講一樣的結尾：「我覺得兩種說法都有道理，我們都應該客觀尊重。」

如果你的文章是這樣結尾的，讀者絕對會在讀完的三秒鐘之內忘記你的文章，更慘的是，閱卷老師也會。你要做的事情很簡單，就是立刻選定一個立場，並且全力去強化這個立場，讓讀者感受到你的斬釘截鐵。

當然，「強化立場」的方式有很多，我們在此無法全部列舉。你可以從國文課本的眾多文章中，找到每個作家的不同手法，並且選一兩個你比較喜歡的來用。底下這幾個案例，就是非常經典的結尾手法。比如琦君的〈髻〉：

這個世界，究竟有什麼是永久的，又有什麼是值得認真的呢？

請注意，雖然這是一個問句，但你可以看出她的立場非常明確，就是「沒有什麼是永久的、沒有什麼是值得認真的」。她不但利用感嘆語氣來加強力道，而且最後一段只有一句話，更是讓人感受到作者的堅定——「反正就是這樣了，不必多說！」這是很容易模仿的一種寫法，你可以試試在自己的文章結尾都安排一個這樣的短句，體驗一下效果如何。

而如果你還想模仿更高段的結尾方式，我推薦朱自清的〈背影〉。最後一段是這樣寫的：

我北來後，他寫了一信給我，信中說道：「我身體平安，惟膀子疼痛厲害，舉箸提筆，諸多不便，大約大去之期不遠矣。」我讀到此處，在晶瑩的淚光中，又看見那肥胖的、青布棉袍黑布馬褂的背影。唉！我不知何時再能與他相見！

這篇文章的最後一句話，也有很明確的立場，就是「我很想念父親、很擔心不能再相見」。但它厲害之處，在於前面先鋪陳了一段畫面，從「寫信」轉到「想像中的背影」，最後才帶出自己的立場。這就比純粹重申立場要更厲害了，因為它幫這個立場添上了一個事件，力道就更強了。

總之，請你相信自己。只要你夠堅定，讀者就會願意追隨你。

ps. 你看，我結尾又重申了一次本文的論點。

練習》

請從國文課本中找出你最喜歡或最有印象的三篇文章，並且觀察一下他們怎麼結尾的。你會喜歡或有印象，代表你跟它們的屬性最合。在往後的作文練習裡，如果你想不出該如何結尾，就請模仿他們結尾的方式。

二十三、細節：「物件」與「動作」的連連看

法國作家普魯斯特的名作《追憶似水年華》，曾經創下一個驚人的事蹟：這本書開場是主角吃起一種叫做「瑪德蓮」的小蛋糕，這種蛋糕大概只有兩口大小，作者描寫了整整四頁。

我小時候第一次聽說這件事，心中十分讚嘆，不愧是世界級的大作家啊，我大概是一輩子都沒辦法抵達這種境界吧？平常要寫個六百字、一千字，就覺得是天文數字了，人家可是兩口蛋糕就兩、三千字了。

現在的我，知道小時候的讚嘆只對了一半。普魯斯特確實是世界級的大作家，不過要把兩口蛋糕寫成四頁，卻不是多難的事，任何人都可以辦到。跟《追憶似水年華》真正的厲害之處比起來，「寫很多字」根本只是雕蟲小技。

沒錯，任何人都可以寫很多字，你當然也做得到。

不信的話，你現在開始跟著我的指示做。

首先，你看一下自己的四周，找一件最引起你注意的東西。請你先用這個東西，造出一個完整的句子。（比如你看到「電風扇」，你可以寫成「電風扇緩慢地旋轉著」，

只要是完整的句子就好）

完成之後，請你再找第二個東西，是跟你剛剛找到的第一個東西有關聯的。比如我剛剛選了電風扇，接著發現它吹動了窗簾，窗簾就是我的第二物件。再一次，請你用第二物件造一個句子。

接著，你再找一個東西，是跟第二物件有關聯的，它就是第三物件。再造一個句子……

看懂了嗎？這就是一個永無止盡的「連連看」遊戲。只要你夠有耐心，你可以連出上百個物件，光是一個教室你就可以寫上兩三千字。現在我還只讓你連不會動的「物件」，如果我們加上「動作」，那就可以有更多變化了。比如：「朱宥勳拍了拍朱家安的肩膀。朱家安沒有理會，臉頰卻紅了起來。老師看見了他們的動作，警告性地『咳咳』了兩聲，粉筆重重地畫在黑板上。黑板發出了厚實的聲響，迴盪在安靜的教室裡……」

只要你不斷地穿梭在「物件」和「動作」之間，把它們通通連起來，就可以輕易地讓一個場景變得很豐富。所以，如果你在文章中要寫家人的相處、朋友一起玩樂、跟戀人吵架、跟網友互動，甚至只是一個人坐在房間裡沉思，都可以透過這種「連連看」來增加細節。

這不是我發明的方法，文學名家也是這樣做的。比如阿盛的〈火車與稻田〉，就有這樣一段：

火車來了，噹噹噹噹噹——。

父親正在拔草，右手抓住草梗最底下一截，噗一聲，草根與碎土隨著手勢離地而起；緊湊的噗噗噗，顯然父親心裡發急，播下已兩個月的稻秧，長不到他的膝蓋高，分明肥水流進了草肚子裡。

第一物件是「火車」，接著帶出「噹噹噹」的聲音。聲音傳到「父親」耳朵，由父親轉入「拔草」的動作。「拔草」連到「右手」和「草梗」，然後延伸出「噗」的聲音……每一個元素都會勾出下一個元素。不會寫作的人，可能會寫成「父親去拔草」，五個字就沒了；阿盛則一拔就是九十八字。不但篇幅拉長，而且畫面感更強。

學會這招之後，你此後不用再擔心文章太短了。相反地，你要開始學會節制，不要每個細節都寫，以免文章過於冗長。如果你用「連連看」的方式，連出了十個細節，你就有本錢挑三揀四了。十個細節當中，大部分可能都很普通，你可以從中選三、四個自己最喜歡的來寫。如此一來，字數要求達到了，文章也經過去蕪存菁，品質自然就會好。

有些國文老師會在批改作文時，說出「文字不夠精練」這類評語。現在你知道了，「精鍊」就是先想出一堆東西，最後再來挑三揀四的意思。

更棒的是，這種「連連看」的訓練方式，甚至不需要紙筆。你只要隨時停下來觀察四周，就可以開始進行一輪新的練習。如果純粹的觀察對你來說已經太簡單了，你還可以直接想像一個虛構的場景，然後一個一個把不存在的細節「編」出來。等到你練得熟了，你就會發現，每次要下筆的時候，腦袋裡會自動湧出一堆細節等你挑選，就好像走進一個熱鬧的菜市場一樣，一堆肥美的蔬果魚肉在那邊喊著「選我選我」。

而你要做的就只剩下一件事：挑自己愛吃的就好。

練習》

想像一個虛構的場景，內容是「A同學向B同學借錢，但被B同學拒絕」。請你設法「連」出更多的細節，包含「物件」和「動作」，把這個場景擴寫成二十個句子的長度。

二十四、詳與略：重點處放大

很多人一定看過自己的作文上面，被老師打過「流水帳」這樣的評語。如果你問老師，要怎樣寫才不會流水帳？你通常只會得到一些很模糊的答案，比如說要寫得有趣一點、要有高低起伏啊，之類的。但我猜，你就算聽了還是不知道應該怎麼做，對吧？在這章之後，你就可以永遠不再收到「流水帳」這個評語了。

你只需要學會「詳」與「略」這兩個觀念。

老師其實沒有唬爛你，文章確實應該要寫得有趣、寫出高低起伏，才會讓人覺得精彩。但那都是「效果」，而不是「方法」。就好像我問一個廚師說，要怎樣才可以煮出好喝的湯？他如果回答我：「就把湯煮得很香啊。」那我當然聽完還是不會，因為這是「效果」。他必須告訴我：「你要選上好的大骨，加上○○和××，丟進鍋子裡燉煮Y小時……」這就是「方法」了。

而避免讓作文變成流水帳的方法，就是操控文章的「詳與略」。如何讓讀者覺得有趣、有高低起伏？最有效的秘訣就是「有的詳細、有的簡略」。「詳」就是擴寫一大堆細節，「略」就是少寫細節甚至不寫細節。（使用上一章講過的「連連看」方法，相信你現在隨時都可以擴寫一堆細節了。）

這裡的重點是，人類是一種喜歡變化感的生物。如果你文章中的每一件事都寫得一樣「詳」或一樣「略」，他看著看著就會想睡了。就像音樂會有快慢變化一樣，文章也要有詳略變化。我們之前講過用「話題」來分段，當時為了說明的簡便，是假設每個話題都講一樣多的東西。事實上，如果你希望自己的文章更好看，就應該做到有的詳、有的略。以大考六百字作文的規格來說，你大部分的話題都可以輕鬆寫寫，然後挑一個話題集中火力詳細寫就好。

如此一來，你的文章就會有明確的重心。

而要挑選哪一個話題來詳寫呢？這沒有固定的標準，所以挑你最有感覺、有最多話想講的那個話題或小故事來詳寫就好。比如劉梓潔的〈父後七日〉描寫父親去世後的場景，就有這樣幾段：

鄉紳耆老組成的擇日小組，說：第三日入殮，第七日火化。

半夜，葬儀社部隊送來冰庫，壓縮機隆隆作響，跳電好幾次。每跳一次我心臟就緊一次。

半夜，前來弔唁的親友紛紛離去。你的菸友，阿彬叔叔，點了一根菸，插在你照片前面的香爐裡，然後自己點了一根菸，默默抽完。兩管幽微的紅光，在檀香裊裊中明滅。好久沒跟你爸抽菸了，反正你爸無禁無忌，阿彬叔叔說。是啊，我看著白色菸蒂無禁無忌矗立在香灰之中，心想，那正是你希望的。

仔細觀察這段文字，你會發現每一段剛好是一個小場景。第一段是「擇日」，第二段是「冰庫跳電」，第三段是「阿彬叔叔來上香」。你很明顯會看到，前兩個場景都只有一句話，非常「略」。作者明明可以擴寫一大堆（比如每次跳電都寫一段眾人修理、查看的細節），但最後還是只用一句話帶過。只有在第三段，作者選擇「詳」的擴寫方法，很細緻地描寫了阿彬叔叔上香的言行，因為這正是三個場景中最感人的一個，展現了阿彬叔叔跟父親相知相惜的友情。

而「詳」「略」交叉出現的效果，就是能夠讓詳細的段落更被凸顯。如果作者每個段落都寫一樣長，那就真的會變成平板的流水帳了。而在〈父後七日〉中，作者對阿彬叔叔最有感覺，所以就在此處詳寫了。

（而如果作者換成你，你對冰庫或擇日比較有感覺，自然也可以詳寫另外兩個段落。這沒有標準答案的。）

通常只要你全力增加細節，那個段落自然就會成為讀者最有印象的段落。所以有一種常見的手法是，我們會在「倒數第二段」火力全開，寫一個超級詳細的場景，吸引讀者的注意力。讀者暢快讀完這一大段後，我們就在他情緒最高昂的地方，突然換段，落下一個短而堅定的結論。從「詳」到「略」的轉換，也能讓讀者瞬間提神醒腦，就好像一陣密集的鼓聲落下來，又瞬間煞停，四周一片寂靜。這時候你不用講太多話，因為連安靜本身都會抓住讀者的注意力。

就像這樣。

練習》

請你回到〈三、畫大綱：小口小口吃，比較容易〉那章，把你的練習作業找出來。然後，請在五個大綱中，找出你最有感覺、最想要「詳寫」的話題，把那一段寫出來。寫完之後，你也可以評估一下，那一個話題最適合放在第幾段？

二十五、動與靜：一波帶走讀者的視線

一路下來，我們談了很多如何架構文章、如何增添內容豐富性的技巧。在接下來的幾個章節，我們會從各個角度來教你一些優化文字的方法。

首先我要澄清的是，很多人以為「好的文字」就是「有很多修辭的文字」，這個觀念是錯誤的。數千年來，作家們研發出了非常多種改進文字的方法，增加修辭只是其中一種——甚至可能是效果比較差、比較容易出錯的那種。很多時候，你甚至不用使用任何生難辭彙、也不用套用一大堆修辭，就能讓你的文字瞬間升級。

第一種方法，就是學會分辨文字的「動」與「靜」。

人類天生是會被動態吸引的動物，所以如果你在一個嬰兒面前搖動手指，他的眼睛就會立刻盯住你的手指，這時候你快速移動手指，他的視線也會跟著移動。這也是為什麼很多家庭會有「吃飯時不准開電視」的家規，因為電視畫面會動，小孩就不會乖乖吃飯了。

所以，無論是哪個國家、哪個時代的作家，幾乎都提過同一條提升文字的秘訣，那就是：「增加動詞、減少形容詞和副詞」。

既然人類好動，我們就要在文字裡面盡量動來動去。一段文字當中，動詞的比例越高，文字就會變得比較「動」，閱讀的感覺就會更流暢、更愉快；相反的，如果形容詞和副詞變多，文字就會變得比較「靜」，需要讀者用更大的耐心去細細品味。

你覺得大考中心的閱卷老師會很有耐心嗎？

因此，在大多數狀況下，我們會想辦法把文字裡的形容詞和副詞刪除，轉換成動詞，將文字化「靜」為「動」。這聽起來好像很困難，但事實上你已經會了，你只是不知道這些手法是拿來改變文字動靜的。

比如下面的例子：

教室外面的那棵大樹非常高。

這句子簡單到有點無聊對不對？我們來為它加點動詞吧。第一招是小學生都會的手法，我們來「擬人」一下吧：

那棵大樹伸出它的枝葉，碰到了教室的屋頂。

立刻多了兩個動詞。你難道不覺得，沒事幹嘛把不是人的東西假裝成人？你現在知道它的其中一種功能了。當然，還可以有第二招，就是結合前幾章說過的「連連看」方法，讓旁邊的東西跟它互動：

那棵大樹伸出它的枝葉，碰到了教室的屋頂。我們只要打開窗戶，就會聞到樹葉清淡的香氣。有時一陣風吹來，幾顆種子還會伴隨著沙沙聲一起跌進教室裡。

您點的動詞套餐到了。這次有七個動詞了。

我前面舉的都還是最簡單的手法，實際上每個作家都會用不同的方式來增加動詞量。如果你是個喜歡用形容詞和副詞的人，那你更要學著用動詞來平衡整篇文章的動與靜。整段文字都是形容詞和副詞是會讓人睡著的，但若能適時加入動詞，就可以抓住讀者的視線，讓他們的注意力不渙散。比如王鼎鈞〈紅頭繩兒〉的開場就有一大堆形容詞，但你可以觀察一下他如何用一堆幻想的畫面來讓動詞出場：

鐘是大廟的鎮廟之寶，鏽得黑裏透紅，纏著盤旋轉折的紋路，經常發出蒼然悠遠的聲音，穿過廟外的千株槐，拂著林外的萬畝麥，熏陶赤足露背的農夫，勸他們成爲香客。

鐘聲何時響，大殿神像的眼睛何時會亮起來，炯炯地射出去；鐘聲響到哪裡，光就射到哪裡，使鬼魅隱形，精靈遁走。半夜子時，和尚起來敲鐘，保護原野間辛苦奔波的夜行人不受邪祟……

明明就只是要寫「鐘」，幹嘛要扯出槐樹、麥子、農夫、神像、鬼魅、精靈、和尚和夜行人？不要懷疑，因為要製造一堆東西出來，才能跟鐘互動，才會有動詞啊。外行人看這段文字，會覺得「他用了好多修辭好厲害」，但從現在起，你應該就能看出他真正厲害的地方了——他真的是拚死命在讓動詞出場啊！

當然，這並不是說文章只要「動」不要「靜」。事實上，比較「靜」的文字也有它的功能，只是它不應該是文章的主角，而是某些關鍵時刻的特殊手法。我們要重新調整自己的預設值，先讓自己習慣用動詞思考，順手一寫都是滿滿的動詞，接下來再去學習怎麼用形容詞和副詞來增幅文字的效果。

至於要怎麼做，就留待下一章來說明啦。

練習》

請挑選一個「物件」和一個「人」，分別用一個段落去描寫他們。每一段描寫中，至少必須出現十五個動詞。你可以選擇自己比較熟悉的物件或人，也可以加入虛構的情節。如果寫到一半就不知道要寫什麼了，請參考本文提到的「讓旁邊的東西跟他互動」這個手法。

二十六、節奏：用文字遙控讀者的情緒

你知道文字有節奏快慢之分嗎？

你可能已經感覺到了，只是沒很確定。同樣是一千字的長度，看網路小說刷一下就過去了，但如果是看課本內的文字，就顯得度日如年。一千字的文言文和一千字的白話文，顯然也是完全不同的速度感。

一言以蔽之，節奏就是「讀者閱讀同樣長度的文章時，感受到的時間長短」。讀者感受到的時間短，節奏就快；讀者感受到的時間長，節奏就慢。而會寫作的人，都能夠自由操控自己的文字節奏，想快就快、想慢就慢。

左邊的圖示就是在同樣長度的文章內，能改變節奏的各項因素。

節奏加快	節奏變慢
用字簡單	用字困難
句子短	句子長
段落長	段落短
動詞多	形容詞、副詞多
事件多、細節少	事件少、細節多
內容具體	內容抽象

一言以蔽之就是：越燒腦的文字，節奏越慢。當你想加快節奏時，就往左邊的特徵去改，讀者就會覺得你的文字像溜滑梯一樣順暢。當你想減緩節奏時，就往右邊的特徵去改，讀者就會覺得你的文字像是負重爬山一樣緩慢。

一般來說，我們會希望文字的節奏越快越好，因為人類天生對於快節奏的文字有好感。像九把刀這樣的網路小說名家，就非常擅長加快文字節奏，所以可以在激烈競爭的網路時代抓住讀者的注意力。

然而，「快」並不是唯一的價值，「慢」也有慢的用處。事實上，不同的節奏是拿來處理不同的情緒的。如果你要描寫的是激昂、興奮、強烈的情緒，那文字節奏就要盡量快，就像武俠小說中的打鬥場面。相反的，如果你要描寫的是悲傷、憂鬱、溫柔的情緒，那文字節奏就要放慢，讀者才會有足夠的時間深深體會字裡行間的情感。

所以，同樣描寫一個分手的場景，大吵一架而分手，那節奏就要快；充滿遺憾的分手，節奏自然就要慢。重點在於你想表達什麼情緒，你就要為它找到匹配的節奏。

而大部分的人並不知道怎麼放慢節奏。你現在看了上表的右邊，就會發現我們前面講過的很多觀念，都有助於你調整節奏快慢。你現在知道如何把句子切短，就知道怎麼加速；知道怎麼增加細節、怎麼「詳寫」一個事件，就知道怎麼放慢；你也知道形容詞和副詞會讓節奏變慢，所以歡樂的場景應該多「動」，悲傷的場景反而要盡量「靜」。而傳統作文會教你用很多修辭，那都會讓節奏變慢，因為修辭會讓句子和段落都變長。所以，卯起來加修辭是不行的，你要看那段文字的情緒適不適合。

一篇理想的文章，不會全部都是快節奏，也不會全部都是慢節奏。通常好文章都是大部分的地方節奏偏快，關鍵處放慢節奏，讓讀者慢慢品味。

我們可以來看看一流高手是怎麼調整節奏的。以下是朱自清的〈背影〉：

我說道：「爸爸，你走吧。」他往車外看了看，說，「我買幾個橘子去。你就在此地，不要走動。」我看那邊月臺的柵欄外有幾個賣東西的等著顧客。走到那邊月臺，須穿過鐵道，須跳下去又爬上去。父親是一個胖子，走過去自然要費事些。我本來要去的，他不肯，只好讓他去。我看見他戴著黑布小帽，穿著黑布大馬褂，深青布棉袍，

> 蹣跚地走到鐵道邊，慢慢探身下去，尚不大難。可是他穿過鐵道，要爬上那邊月臺，就不容易了。他用兩手攀著上面，兩腳再向上縮；他肥胖的身子向左微傾，顯出努力的樣子。這時我看見他的背影，我的淚很快地流下來了。

這是〈背影〉當中最感人的場面。但如果你仔細觀察一下，就會發現我畫底線的部分，朱自清生出了一大堆細節，又是月台、鐵道，又是胖子、帽子、馬褂、棉袍的，連父親的動作都細細描寫。這些東西就算不寫出來，我們也可以看得出「父親幫我買橘子，我覺得很感動」這件事，那他為什麼要寫得這麼細？

嗯，我們把畫線處這些「沒必要的東西」都刪掉看看。文章就會變成：

> 我說道：「爸爸，你走吧。」他往車外看了看，說，「我買幾個橘子去。你就在此地，不要走動。」我本來要去的，他不肯，只好讓他去。這時我看見他的背影，我的淚很快地流下來了。

有沒有突然覺得：「啊是有什麼好哭的啦？」

這就是節奏的魔力。那堆「沒必要的東西」，還真的是沒什麼意義。但它們有一個功能，就是拖時間，呃，我是說，讓節奏變慢。（你看上面這句話，我把句子切短之後，節奏是不是變快了？）當節奏放慢之後，讀者才有空間慢慢去體會字裡行間的感人之處。如此一來，最後一句的「流淚」才會讓人覺得順利成章。

所以，要哭出來之前，請千萬記得要放慢節奏。而如果你想講笑話，則切忌鋪陳太久，越短而有力就越好笑。人類有時候也滿單純的：當你控制了節奏，你就能控制他的心跳，甚至，你還能控制他的心。

練習》

請描寫一名國中畢業生的心情，並且寫成兩個版本：

第一版是一個很捨不得同學的畢業生，他心情非常感傷。

第二版是很討厭同學的畢業生，他覺得畢業之後的未來充滿希望。兩個版本都必須在兩百五十字到三百字之間，請你分別用適合的節奏來描寫。

二十七、組合與染色：換位置，換掉讀者的腦袋

好吧，我知道你還是很想用形容詞。雖然我已經花了好多篇幅來說明動詞如何好用，但我也知道，大部分的人還是會有修飾文字的本能，如果沒有加上足夠多的形容詞，就會覺得自己的文章好像素顏一樣，不敢拿出來見人。

沒錯，形容詞是化妝，而妝顯然不是上得越厚越好，你把一堆東西塗在臉上，顏值也不會瞬間破表。同理，你如果描寫每一個東西的時候，都把一堆形容詞塗在上面，通常也不會有太好的效果。比如你要寫一個人很悲傷，你當然可以用上二十個形容詞。但這樣寫下來，讀者往往只會覺得瑣碎，而無法真正體會這個人到底在耍什麼憂鬱。

為什麼？因為文字會老。

大部分的人類——包括正在對你碎碎念的我——在寫作時，使用的都是前人已經用過千萬次的詞彙。詞彙是越用越老的，第一個讀到「長髮飄逸」的讀者，會覺得這形容詞用得真好啊。但當他讀過十個飄逸之後，他就會開始翻白眼了。因此，當我們繼續形容某人「眼睛水汪汪」，某人「心裡很難過」，某人「溫柔善良」的時候，讀者是一點感覺都沒有的。而大考中心的閱卷老師就更不用說了，他們讀了那麼多文學作

品，每年又要看那麼多文章，就算山珍海味也都吃膩了，你如果還端同一道菜上來，他們不對你翻白眼就不錯了。

這就是寫作永恆的兩難：讀者喜新厭舊，想要看到新鮮的東西；但你如果自己發明新詞，讀者又會看不懂。

因此，唯一的辦法，就是改變「組合」。讀者可能看過「飄逸的長髮」，但大概不那麼常看到「某人的眼神很飄逸」；「心裡很難過」太普通了，「像是心裡有一汪水池」如何？提升文字新鮮感的方法之一，就是不要那麼安分乖巧，把形容詞放在以前很少出現的地方，讓它出去探探險。你可以「故意」把不同感官的形容詞調換位置，來讓它獲得新生。比如「輕柔」這個詞，通常是拿來形容觸覺（羽毛的觸感很輕柔）或聽覺（他的聲音很輕柔），但如果我們把它換到視覺、嗅覺的場合去呢？

這片草地的顏色十分輕柔。

這片草地的氣味十分輕柔。

感覺完全不一樣了，對吧？放在第一句話裡，草地就變成明亮的淺綠色了；放在第二句話裡，草地就散發出一種淡淡的香氣。

所以，真正會使用形容詞的高手，他的秘訣並不在「使用某個詞」，而在「把某個詞放在意想不到的地方」。

而更高段的擺放方式，是一種我稱之為「染色」的方法。所謂「染色」指的是，如果我要描寫一個人，我一直用形容詞去塗抹那個人本身，怎麼改變組合也終究有其極限。這時候，我可以在那個人「旁邊」放一堆物件，從自然景觀到人造物都沒問題，然後我把要形容那個人的詞彙，通通拿去形容旁邊的物件。比如我要寫一個開心的人，我不去寫那個人有多開心，但去寫旁邊的「風」有多「雀躍」，「手指敲打桌面的聲音」有多「歡樂」，就連「遠方的狗吠」都充滿了「喜悅」。

總而言之，你把周邊通通染色了，那他自然也會沾上你要的色彩。

楊牧的〈十一月的白茫花〉就是這樣染的：

母親把我用力向下推，滾進凹地底下，抱住我將我整個人壓在下面。我毫不猶豫地伏在那裡。我明白，我當然是很明白的，她想用她的身體作屏障，這樣掩護我；即使飛機掃射，也只能打到她，打不到壓在下面的兒子。原來她是這樣想的，我知道了。飛機從我們頭頂上喧譁越過，向開闊的河流區域航去，繞一大圈，聲音小了，遠了，一定是回海上去了。母親把我抱起來，幫我擦汗，把衣服彈乾淨，讓我坐好，然後她清理她自己，一邊小聲安慰我。她的面容和聲音寧靜超然。我注意到山頂俯身來看的，又是一些欣悅的白芒花，而坡底更有許多白芒花，也都在前後搖動，興高采烈地看我們。好風緩緩吹過，知了乍停而續，又停了。我聽見四處鳥聲，細碎嚶嚀，短暫卻似永恆，知了復起，把亭午的太陽光吵得更烈了。

這段前半寫敵機空襲，媽媽捨身保護自己。後半寫一切安全之後，兒子感受到媽媽的愛，心裡的喜悅與美好。

——你看我這樣寫有多無聊。楊牧就不無聊，他很巧妙地用了「我注意到」這四個字，把鏡頭轉到母子倆身旁的白芒花、風、知了、鳥和太陽。接著，所有描寫這些物件的形容詞，就通通成為描寫兒子心情的形容詞。「兒子興高采烈」沒什麼，染色成「白芒花興高采烈」，可就厲害多了。最後一個短句也是非常有創意的組合，「陽光」怎麼會被「知了」「吵」到呢？當然也不可能因此更「烈」。但在這裡，楊牧卻透過熱烈的氣氛，告訴我們兒子從死亡的緊張中，慢慢恢復了生機的感覺。

很多人批評政治人物的時候，會罵他們「換了位置就換了腦袋」。這在政治上可能不太好，但在文學裡，把形容詞的位置換一換，讀者腦袋裡面的感覺就會被換掉，這卻是顛仆不破的真理。而這簡單得不可置信：你只要勇於嘗試就好了。

練習》

請用一個三百字以內的段落，描寫一個憤怒的人。在這個段落當中，請使用「染色」的手法，來描寫他身邊的三個物件。

二十八、腔調：假裝自己在說人話

不管是在國文課還是歷史課，你可能都聽過胡適提出的「我手寫我口」這個說法。這個說法在學術上有一些爭議，不過人們一般都會把它當成「白話文」的特色。而毫無疑問的，你平常在寫的也是「白話文」。尷尬的問題來了：

你的手有寫你的口嗎？

別擔心，這不是你的錯，這只是一個很多人不知道的現況：「我手寫我口」這個理念從來就沒有貫徹過，也不可能貫徹。你可以試著跟一個朋友聊天五分鐘，開手機全程錄音，接著再把這五分鐘一字不漏地寫下來。這時候你就會深刻地感受到「文字」跟「語言」幾乎是人鬼殊途的差距。文字必須有固定的文法，不然就會看不懂；但語言卻總是亂糟糟的，文法、順序、用詞都很隨便，我們還必須依靠表情、語氣和姿勢等線索才能聽懂對方。所以，如果你的手真的照著你的口來寫，你會寫出一堆「呃啊嗯嗯」這類可怕的句子。而在缺乏表情、語氣和姿勢等線索的提示下，那段文字會跟亂碼一樣無法理解。

然而，讀者是一種很難取悅的奧客。明明「文字」不可能寫得像「語言」一樣，有「表情、語氣和姿勢」這些效果，但讀者就是很喜歡這些字面以外的東西。你可以回想一下，你這輩子最喜歡的幾個老師，他們上課說話的時候，是不是就有很多來自「表情、語氣和姿勢」的效果？同樣是歷史老師，會擠眉弄眼、聲調有高低起伏、手勢很誇張的，就比人肉答錄機型的老師要討人喜歡，對吧？

讀者也愛這些東西，可是文字就是做不到，那怎麼辦？

還好，數千年來的作家發現了一種東西，叫做「腔調」。

「腔調」的定義是：由於每個人的遣詞用字、斷句節奏、情緒強弱都不同，因此每個人所寫出來的文字，都會產生微妙的差別。而如果寫作者可以意識到自己跟其他人的差別，強化那個部分，就可以形成自己的腔調，讓讀者感受到自己正在跟一個真正的人在聊天，而不是冰冷的答錄機。比如下面這兩段文字，都是寫到父親即將死亡時，子女的心情，你可以感受一下兩者的腔調差別有多大：

> 「大小姐，到了醫院，好好兒勸勸你媽，這裏就數你大了！就數你大了！」
>
> 瘦雞妹妹還在搶燕燕的小玩意兒，弟弟把沙土灌進玻璃瓶裏。是的，這裏就數我大了，我是小小的大人。我對老高說：
>
> 「老高，我知道是甚麼事了，我就去醫院。」我從來沒有過這樣的鎮定，這樣的安靜。

我把小學畢業文憑，放到書桌的抽屜裏，再出來，老高已經替我雇好了到醫院的車子。走過院子，看那垂落的夾竹桃，我默唸著：

爸爸的花兒落了，我也不再是小孩子。

——林海音〈爸爸的花兒落了〉

近幾年來，父親和我都是東奔西走，家中光景是一日不如一日。他少年出外謀生，獨立支持，做了許多大事。哪知環境卻如此頹唐！他觸目傷懷，自然情不能自己。情鬱於中，自然要發之於外；家庭瑣屑便往往觸他之怒。他待我漸漸不同往日。但最近兩年不見，他終於忘卻我的不好，只是惦記著我，惦記著我的兒子。我北來後，他寫了一封信給我，信中說道，「我身體平安，惟膀子疼痛利害，舉箸提筆，諸多不便，大約大去之期不遠矣。」我讀到此處，在晶瑩的淚光中，又看見那肥胖的，青布棉袍，黑布馬褂的背影。唉！我不知何時再能與他相見！

——朱自清〈背影〉

你看得出差別嗎？

〈爸爸的花兒落了〉的腔調是堅強的小孩，而〈背影〉的腔調是一個哀傷的知識分子。怎麼看出來的？線索有很多，不過你仔細讀〈爸爸的花兒落了〉，會發現它的斷句節奏很快，標點符號把每一個短句切得很短，雖然蘊含了深刻的情感，用字還是非常簡單。〈背影〉就不同了，光是：「他觸目傷懷，自然情不能自己。情郁於中，自然要發之於外；家庭瑣屑便往往觸他之怒。他待我漸漸不同往日。」這句半文言半白話的句子，就可以看出知識分子的腔調。如果兩人腔調互換，小女孩說「情鬱於中，自然要發之於外」，而青年知識分子說「這裏就數我大了，我是小小的大人」，就會超級出戲。

而值得注意的是，腔調沒有絕對的好壞，只有「適不適合你自己」的問題。每一個人都有一種最舒服的說話方式，都有自己偏好的詞彙和句型。（比如說，你可能會發現我很喜歡用「舒服」這個詞，也常常有斬釘截鐵的語氣。我喜歡用分號和冒號，但驚嘆號很少。）因此，你平常就需要進行一個任務，就是稍微觀察自己喜歡用什麼詞彙、喜歡哪一種句型，然後反覆使用，強化這些特色。

很多人常常以為，寫文章就是要有一種「作文感」，要嚴肅、要修辭、要追求「文學的樣子」，事實上這是錯誤的想法。真正的作家在寫作時，反而更注重腔調的個人特色，因為腔調可以讓文章讀起來更豐富、有趣，就像一個很會上課的老師那樣。你也不必擔心自己一直用同樣的腔調來寫作，會不會讓讀者厭煩——你在上考場時，閱卷老師只會看到你一次啊。

不過嚴格說起來，「尋找自己的腔調」是一種非常高級的文字鍛鍊，如果你一時想不出來，那也沒有關係。我們只是在此設定一個比較高的目標，讓你知道往後可以往哪個方向精進。在這一篇之後，我們就要結束文字修飾的通則性說明，而進入五種常見的修辭模式了。我們會帶著你探索修辭手法背後真正的思考邏輯什麼——等你掌握了這套邏輯，你甚至可以自己發明修辭。

練習》

回想你自己寫過的文章（發在網路上的也算），回答以下幾個問題：

1. 你最喜歡／最討厭用哪些詞？
2. 你比較喜歡長句還是短句？
3. 如果要用三個形容詞來形容自己的文字，你會用哪三個詞？
4. 假裝你是別人，如果你讀到這些文章，你會猜測作者是怎樣的人？

在你完成以上四個問題之後，你可以跟一位同學交換看彼此的文章，再次回答第二題到第四題。你可以趁這個機會檢視自己對自己的認知，與別人對你自己的認知有何不同。

二十九、修辭四大原理：重複

從小到大，你一定學過很多種「修辭」手法。這本書一路看下來，你應該也會感受到，我對「修辭」不大友善，常常跟你說要少一點修辭、多一點別的東西。這不是因為那些修辭手法完全沒有用，而是因為如果太在意它們，你就很容易忽略更根本的寫作原理。這就好像你學數學一直在背題型，卻不理解背後的基本公式一樣。

從這篇開始，我們會講解四種寫作的基本原理。絕大多數你會用到的修辭，都是從這四種原理延伸出來的。

第一個要談的原理，就是「重複」。

「重複」也許是人類最早學會的文學技巧。早在還沒有文字的時代，人們就已經在歌謠、神話故事裡面大量使用這招了。因為沒有文字可以紀錄，只能依靠記憶力來傳述知識與故事，這時候，使用「重複」的技巧就可以大大提升人們的記憶力了。

「重複」可以利用在任何地方，包括同樣句型的反覆堆疊（你一定學過的「排比」修辭），同樣內容的反覆出現（你學過的「首尾呼應法」），甚至小到類似聲音的反覆縈繞（沒錯，這就是「押韻」）。總之，你只要先寫出一個東西，然後再弄出另外一個內容或形式與之類似的東西，就會形成重複感了。

遠古人類沒有文字，所以用這招來加強記憶。我們現在有文字了，卻還是發現這招可以強化讀者的印象——讀者通常讀完整篇文章，什麼都忘了，就是最記得「重複」的部分。我們在〈二十二、結尾：抓住漫不經心的讀者〉有強調過，當我們確定了文章的目標，一定要堅定地「再說一次」，就是基於這個原理。你在寫作時，可以直接抓一個自己覺得最重要的點，在不同的位置反覆提及，就可以製造出這個效果。比如開頭你提到朋友送你一個手機吊飾，那就另外找幾個關鍵處，假裝不經意提到這個手機吊飾，讀者就會發現你埋了一條線在文章的背後，把一切都串起來。

而同一個東西要反覆提幾次呢？基本上是沒有上限的，不過以六百字的篇幅來說，提個兩到三次就很夠了。

除了內容上的重複，你也可以試著用「重複類似句型」的方式，來加強描寫重要的場景。

比如陳列的〈玉山去來〉就這樣描寫山上的景色：

大幅大幅成匹飛揚的雲，不斷地一邊絞扭著，糾纏著，蒸騰翻滾，噴湧般綿綿不絕從東方冥冥的天色間急速奔馳而至，灰褐乳白相間混，或淡或濃，瞬息萬變，襯著灰藍色的天，像颶風中翻飛得卷絲，像散髮，狂烈呼嘯，洶洶衝捲，聲勢赫赫，一直覆壓到我眼前和頭上，如山洪的暴濺吟吼，如宇宙本身以全部的能量激情演出的舞蹈，天與地以及我整個人，在這速度的揮灑奔放中似乎也一直在旋轉搖盪著，而奇妙的是，這些雲，這些放肆的亂雲，到了我勉強站立的稜線上方，因受到來自西邊的另一股強大氣流的阻擋，卻全部騰攬而止，逐漸消散於天空裏。

有感受到「重複」的技巧出現在哪裡了嗎？我幫你重新整理一次：

1. 絞扭著，糾纏著（連續兩個「著」結尾）
2. 或淡或濃，瞬息萬變（連續兩個四字句型）
3. 像颶風中翻飛得卷絲，像散髮（連續兩個「像」開頭）
4. 狂烈呼嘯，洶洶衝捲，聲勢赫赫（連續三個四字句型）
5. 如山洪的暴濺吟吼，如宇宙本身以全部的能量激情演出的舞蹈（連續兩個「如」開頭）

6. 這些雲，這些放肆的亂雲（同一團雲寫兩次）

很簡單，對吧？就是讓自己饒舌一點就好。你如果真的去問作者，這些文字「重複」那麼多次有何意義，他十之八九是答不上來的。因為「重複」本身並不是為了增添更多意義，而是增添更強的美感（你看，我也「重複」了），加強讀者的印象。刪掉一半對內容無損，但美感就會差一點了。

而你也會注意到，所謂的「重複」並不像「排比」那麼嚴格，不需要搞到詞性相對，對仗整齊。當然，如果你能做到「落霞與孤鶩齊飛，秋水共長天一色」（王勃〈滕王閣序〉）那麼漂亮的排比，沒有人會嫌你多事。但如果一時想不到那麼漂亮的，純粹用「如」、「像」、「著」之類的字樣來製造重複，每個句子長短、詞性都不相同，還是會有很不錯的效果。甚至像6.的「雲」，根本只是結結巴巴地講出同一句話，這樣也是成立的，因為「這些……雲」仍然做到重複的效果了。

而除了效果加強之外，這招還可以幫助你拉長文章，輕易地把同樣內容的兩句話，變成四句、五句。我想，這對於大考作文有多好用，不必我再重複說明了吧？

練習》

請模仿〈玉山去來〉的1.、2.、3.、5.、6.五個案例，寫下五組「重複」的句子，描寫的對象不拘。如果在同一組內，你寫出來的句子長短不一，你可以試著調動它們的順序，看你比較喜歡把短的句子放前面、還是把長的句子放前面——這也是在幫助你找到自己的「腔調」。

三十、修辭四大原理：對比

還記得《三隻小豬》的故事嗎？如果我要你從故事中挑一個最重要的角色，你覺得最重要的是哪一個？

我猜你會選第三隻豬，要不然就是選那隻大野狼。大概很少人會選前兩隻豬吧。為什麼？因為人類是一種會容易被「對比」這個原理引導的生物。你很容易注意大野狼多過於注意豬，是因為豬有三隻、對比之下大野狼就很特別；而在豬當中，你又會比較傾向注意最勤勞的那隻豬，因為牠也很特別。總之，人們會注意特別的東西。

「對比」就是一種讓某事物變得特別的方法。如果在一片漆黑當中點亮手電筒，我們的視線就會被吸引過去；但如果在大白天打開同一支手電筒，大家就沒什麼感覺了。所以，如果你覺得自己的文章很難凸顯重點，問題可能不是你寫的那個東西不夠好，而是你沒有把它放在正確的背景裡面。同樣的東西，放在不同的背景下，就會有完全不同的強度。

想要利用「對比」的原理來凸顯文章的重點，你要遵守兩種法則：

1. 物以稀為貴法則：如果你要凸顯某事物，就要在旁邊放一堆跟它相反的東西。就像《三隻小豬》的重點明明是勤勞的豬，但還要另外安排兩隻懶惰的豬。

2. 壓軸法則：如果你要凸顯某事物，就把陪襯的放前面，讓最重要的東西壓軸。所以，《三隻小豬》最勤勞的那隻，才會是最後出場的。

看到這裡，你也許會發現這很像你以前學過的「映襯」修辭。除此之外，我們之前講到「節奏」時，也說過整篇文章的節奏不能一致，要有快有慢，道理也在這裡——先寫一個節奏很慢、篇幅很長的段落，再突然插入一個短段，也可以製造出節奏的對比感。不信的話我們來修改一下朱自清的〈背影〉：

我說道：「爸爸，你走吧。」他往車外看了看，說，「我買幾個橘子去。你就在此地，不要走動。」我看那邊月臺的柵欄外有幾個賣東西的等著顧客。走到那邊月臺，須穿過鐵道，須跳下去又爬上去。父親是一個胖子，走過去自然要費事些。我本來要去的，他不肯，只好讓他去。我看見他戴著黑布小帽，穿著黑布大馬褂，深青布棉袍，蹣跚地走到鐵道邊，慢慢探身下去，尚不大難。可是他穿過鐵道，要爬上那邊月臺，就不容易了。他用兩手攀著上面，兩腳再向上縮；他肥胖的身子向左微傾，顯出努力的樣子。這時我看見他的背影，我的淚很快地流下來了。

我們在最後一句話多換了一次行，把「這時我看見他的背影，我的淚很快地流下來了」獨立成一段。你如果一路讀下來，應該會感受到「流淚」這個動作被切成一個清楚的分鏡，像是漫畫中單獨的一格。因為我們把這整個段落，分解成「很長的一段」和「很短的一段」兩個對比單位，同時符合上述兩個原則，因而更凸顯了「流淚」這個動作。朱自清原來的版本沒什麼不好，但我們也不一定要百分之百聽從作家的判斷。掌握了原理之後，你也可以試著去改作家的文字，搞不好會產生你更喜歡的效果。

而「對比」的觀念，也可以跟上一篇談到的「重複」概念組成一套combo技。我們前面提過，重要的東西你可以一直反覆提及來加深印象。不過，反覆一直提某個東西，久了也確實會膩，因此你可以用「對比」的方式來進行變奏——每次出現都是很類似的東西，但稍微改變一點點的元素，讓讀者在「重複」當中感受到「對比」的變化感。比如阿盛的〈火車與稻田〉，有幾個句型是反覆出現的：

a. 火車來了，噹噹噹噹噹———。（三次）
b. 火車到了，空嚨空嚨空嚨———。（三次）
c. 火車不見了。（兩次）
d. 火車進站了。（三次）

這些句子都是某一段的第一句話，總共出現在十段裡面。甚至a.和b.都是單行成一段，與前後的長段落形成「對比」的效果。但更厲害的是，阿盛用這幾個同樣用「火車」開頭、後面稍微變奏一點的句子，構成了整篇文章的主旋律。這每一個句子後面都帶出了一個小場景，如果把它們照順序排出來，會得到這樣一串線索：

a. b. c. d. a. b. c. d. a. b. d.

如果這串你還看不出個所以然，我再幫你切開：

a. b. c. d.　a. b. c. d.　a. b. d.

看到三個「樂章」了嗎？前兩個樂章的結構一模一樣，是先來兩輪大規模的「重複」，而在重複當中又有四個型態輪流出現，營造變化感。直到最後一個樂章，再把型態略改成a. b. d.，以避免連續三次都是一模一樣的結構。讀者只要看到「火車」，就會知道同樣的線索又出現了，但從句子內元素的改變，又可以營造一點新鮮感，避免單調。

如此一來，「重複」和「對比」就可以組成和諧的主旋律，讓讀者既感受到熟悉，又感受到變化。

當然，你也可以試著在文章裡安排自己的結構。比如說，我們也許可以把〈火車與稻田〉的結構變成：

a.
b.
c.

a.
b.
c.

a.
b.
c.
d.

如果這樣安排結構，是要強調什麼呢？你可以用我們前面講過的原理推測看看。甚至你可以嘗試改出一個你自己比較喜歡的結構。經過這樣的思考之後，你也許更能夠體會，阿盛的安排有什麼特別之處。只要掌握了基本原理，使用什麼樣的結構來「重複」和「對比」都是可以的，沒有絕對的對錯。而不同的選擇，代表了不同的風格和思考方式。作為一個寫作者，最重要的就是：你要找到自己的風格和思考方式。

練習》

在你下一次寫文章時（無論是學校作業、考試還是自己寫的），在文章中置入三個類似的句子。這三個句子的句型必須非常類似，並且至少有一句抽換掉其中的一個詞。

置入句範例：

我最難忘的是母親的手。

我最難忘的是母親的頭髮。

我最想忘記的是母親的眼睛。

隨手拿起你身邊的一個東西，盯著它。

我想大概一分鐘左右，你就會開始覺得煩了。同樣的道理，如果你在描寫一個人、一件物品的時候，不斷繞著它寫，從頭到尾都不放過，讀者也會覺得想睡覺。這時候我們就需要動用一個每個小孩曾經都會、但長大之後被大人罵到忘記的能力：「聯想」。

三十一、修辭四大原理：聯想

所謂的「聯想」，指的是「你要講的是A，但把它想像成B」。比如你明明是要寫一台車子，卻說「這台車慢得像樹懶一樣」，「樹懶」就是聯想之後的產物。這是一種非常廣泛的文學技巧，從最初階的「譬喻」，到稍微難一點的「轉化」，乃至於文學作家最愛用的高階手法「象徵」，都是從「聯想」這個原理發展出來的。

你不用管那些手法的定義，你只要記得一個簡單的機制就好：我們要使用的A跟B之間，彼此是「不全等」但是「有共通點」的。首先，兩者不能全等，不然看起來就會像是廢話：比如「這顆蘋果讓我想到一顆蘋果。」其次，兩者要有共通點，共通點越清楚大家越容易看懂。甚至有時候我們會直接把共通點寫出來，比如：「母愛就像微風一樣溫柔。」在這裡，「溫柔」就是共通點，讓「母愛」和「微風」可以連結起來。

圖形化之後就是這樣：

正確的聯想

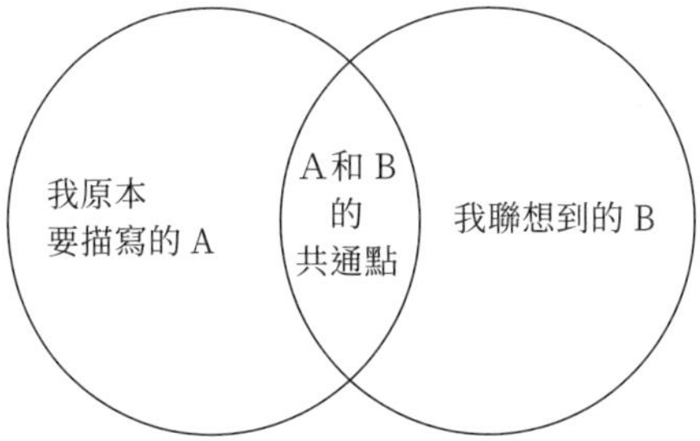

不正確的聯想：全等

不正確的聯想：沒有共通點

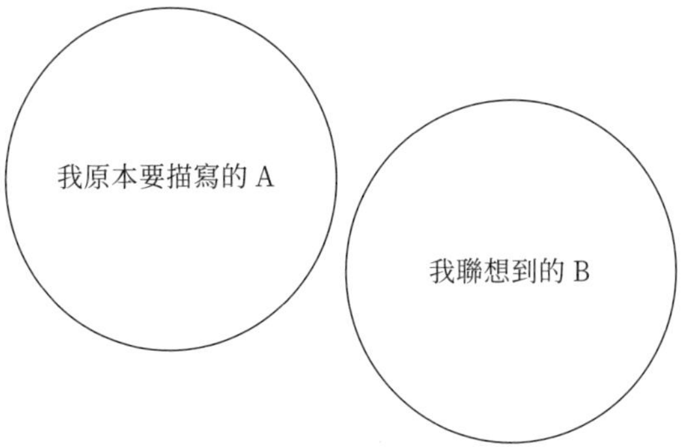

大家之所以喜歡聯想，是因為它可以帶來新鮮感，不會讓你一直盯著同樣的東西。老實說，大部分人類的生活都是很雷同、很無聊的。你上班上課、我也上班上課，除了少數的例外，我們每個人的經驗差距不會太大。這點你在學校裡一定深有體會，大部分的人都在討論差不多的東西，因此要下筆寫文章的時候，就覺得沒什麼好寫的。那怎麼把雷同、無聊的東西稍微變得有趣一點？那就要透過「聯想」來加工了。就算要描寫同樣的東西，每個人幾乎都會有不同的聯想，如此一來，新鮮感就跑出來了。

比如說周星馳電影中有句台詞：

我對你的景仰有如滔滔江水，連綿不絕。

這裡的聯想很明確，就是「景仰」跟「滔滔江水」連結起來，共通點則是「連綿不絕」。接下來我們就可以開始玩了，你可以隨時抽掉聯想出來的那個「B」，然後填進新東西，就好像在解最簡單的一元一次方程式一樣。比如：

我對你的景仰有如＿＿＿＿，連綿不絕。

你會填什麼？很簡單，只要有「連綿不絕」的共通點就可以了。所以可以是「童年的麥芽糖」、可以是「千錘百煉的金箔」、可以是「兔子的繁殖能力」，都沒問題。

而當你把新的聯想填入格子，你會發現效果變得有點奇妙：

我對你的景仰有如童年的麥芽糖，連綿不絕。

在原句裡面，「景仰」因為「滔滔江水」的修飾，所以是比較有氣勢的感覺。但如果換成「童年的麥芽糖」，就似乎有種懷舊、甜美的感覺，好像是在跟多年重逢的大哥哥大姊姊說話一樣。這就是「聯想」這個機制最有趣的地方：一開始我們只是尋求共通點（連綿不絕），然而一旦你選定了某個聯想物，這個聯想物的「其他特徵」也會通通黏到我們本來想講的A上面來。就像現在這個案例，一開始我們是取麥芽糖的「黏」的感覺，但麥芽糖的古老和甜味，也會一併帶入。

所以，如果有人說「愛情就像玫瑰一樣」，那不但是取其「美麗」的共通點，也會一併帶入「帶刺」、「短暫」的特徵。只要先取一個共通點之後，我們就會得到買一送一、買一送二……到買一送N的延伸特徵。這就是「聯想」的無窮威力，也是為什麼人類的經驗明明很有限，文學作品卻永遠可以有新活力的原因——人的聯想能力是無限大的。

明白這個原理之後，你也可以理解什麼是「象徵」了。比如琦君〈髻〉的結尾：

來臺灣以後，姨娘已成了我唯一的親人，我們住在一起有好幾年。在日式房屋的長廊裏，我看她坐在玻璃窗邊梳頭，她不時用拳頭捶著肩膀說：「手酸得很，真是老了。」老了，她也老了。當年如雲的青絲，如今也漸漸落去，只剩了一小把，且已夾有絲絲白髮。想起在杭州時，她和母親背對著背梳頭，彼此不交一語的仇視日子，轉眼都成過去。人世間，什麼是愛，什麼是恨呢？母親已去世多年，垂垂老去的姨娘，亦終歸走向同一個渺茫不可知的方向，她現在的光陰，比誰都寂寞啊。

我怔怔地望著她，想起她美麗的橫愛司髻，我說：「讓我來替你梳個新的式樣吧。」

她愀然一笑說：「我還要那樣時髦幹什麼，那是你們年輕人的事了。」

在前段的故事，我們知道母親跟姨娘在爭風吃醋，兩個人是以「誰的髮型比較好看」來分勝負的。而到了結尾，母親去世、姨娘老去，爭風吃醋的往事也變得不重要了，琦君於是全力描寫頭髮，用「髮型」連結到「過去的爭風吃醋」，這就是一種象徵手法。當姨娘說「我還要那樣時髦幹什麼，那是你們年輕人的事了」的時候，意思不只是「我不需要那樣的髮型啦」，意思也是「我已經放下過去那些往事了」。

人老之後，往事每個人都有。但是，用髮型來連結，而不直接說出心事，就能寫出更迂迴、更淡遠的美感。「聯想」這個手法有無盡的潛力，就看你怎麼去嘗試它了。

練習》

請你找一個人，並且用五種不同的聯想物來描寫他／她。每一種描寫內，都至少要包含一個「共通點」。

三十二、修辭四大原理：典故

在這本寫作書的最後，我們要來談談「典故」這個概念。

也許有不少人跟我一樣，從小就很疑惑為什麼國文課這麼喜歡講文章裡面有哪些典故。更煩的是，這些典故還會變成「國學常識」，出現在選擇題裡面。只要看到「羽扇」就是諸葛亮，看到「詠絮才」就是謝道韞，搞得好像全世界只有一個人會搧扇子、只有一位聰明才女一樣。而整個中小學時代，都會有一堆老師要我們背成語，每個成語後面又都是一個典故。

等我年紀稍長，開始讀一些外國文學的作品之後，才發現不是只有中文世界的人喜歡典故。西方文學當中，動不動就要引用希臘神話、《聖經》或莎士比亞，三不五時就會看到「To be, or not to be; that is the question.」的各種變形體。像我們這樣的外邦讀者，若沒有聽過專家學者的解釋，一時還真的很難看出來。

為什麼全世界的人都這麼喜歡「用典」？

如果你去問專家學者，他可能會用「互文性」的文學理論跟你解釋。不過如果暫且不管那些文學理論的話，原因只有一個：因為，「用典」會讓作者和讀者，都覺得自己很聰明。於是，整個寫作和閱讀的過程就會很愉快，字裡行間充滿了快活的空氣。（如果你看到這裡，還沒發現我剛剛偷用了一個典故，請去google魯迅的小說〈孔乙己〉。如果你自己發現了，你就會明白我說的「覺得自己很聰明」是什麼感覺了。是不是滿愉快的？）

說穿了，「用典」就是作者在寫作時，對讀者偷偷眨眼睛，暗示讀者：「我這裡埋了一個彩蛋喔，你有看出來嗎？」如果你看出來了，就會感受到一種知性的愉悅，彷彿你跟作者共同擁有一個小秘密。就像鍾怡雯〈垂釣睡眠〉的這個段落：

> 模糊中感到鈍重的意識不斷壓在身上，甜美的春夜吻遍我每一寸肌膚，然而我不肯定那是不是「睡覺」，因為心裡明白身心處在昏迷狀態，但同時又聽到隱隱的穿巷風聲遊走，不知是心動還是風動，或是二者皆非，只是被睡眠製造的假象矇騙了。

如果你沒有看出典故，這就是一段描寫失眠的文字而已。但如果你再眼尖一點，就會發現「心動還是風動」這幾個字，其實是來自禪宗公案中，慧能大師的一番妙答。這就是作者在向你眨眼睛。有趣的是，你會發現，就算你沒認出這段典故，也不妨礙你讀懂這段文字。只是當你讀懂之後，你可能就會有更深一層的聯想：慧能大師的故事有著「一切煩擾都是因為心」的寓意，作者是不是在此暗示失眠的背後其實有心事？

從以上這些例子，我們可以整理出「用典」的兩個重點：

第一，你要考量讀者的知識背景，埋一個對方看得出來的彩蛋。用典要用得好，最重要的關鍵不是「知道很多冷僻的典故」，而是「有能力猜測讀者的特質」。典故其實無所謂貴賤，只是每一種讀者有他們自己熟悉的語言。而身為作者，我們如果希望自己的文字能夠達到最大的溝通效率，就要盡量使用對方能理解的典故。比如你面對二〇一九年的中學生，用聖結石說過的話當典故，就比用胡茵夢要好。在大考作文當中，你引用了「大吉大利，今晚吃雞」，很難讓閱卷老師感受到你的興奮之情，因為他很可能沒有打過手遊；但如果你竟然用了「蓴羹鱸膾」這麼假掰的典故，就很有可能使他驚艷——不是因為古文比較厲害，而是因為「閱卷老師」這種讀者，剛好都是文學系所出身的。

第二，「典故」是深化文章的附件，而不是主菜。文章盡量要寫到「讀者看不出典故不妨礙理解，看出來了會有額外體悟」。這是一種比較保險的寫法。就像前面鍾怡雯〈垂釣睡眠〉的示範一樣，她故意先寫了巷子裡面的風聲，然後才接上「心動還是風動」這個短句，這樣就算讀者看不出那裡有典故，也能順著邏輯一路讀下去，毫無阻礙。如果一篇文章扣掉典故就失去魅力，那篇文章本身其實是失敗的——這意味著你只是借用前人的話，你自己什麼都沒說。

不過我要再次強調，典故並不是好文章的必要條件，它只是一種很常見的進階調味料而已。要說這裡面有什麼非常深奧的文學性，倒也未必。古人寫文章能夠一直用典，是因為古代的知識總量很少，每個人都只能讀差不多的一批書，所以每個人都知道一樣的東西，不太需要考慮讀者。（就好像現代的台灣小孩因為國文課本的關係，都知道朱自清的〈背影〉一樣）然而當代世界的知識非常複雜，有人可能很熟「費瑪最後定理」的軼事，但不見得熟悉「機器人三大法則」或「克蘇魯神話」。每個人的專業領域裡可能都有一堆典故，只有行內人才能會心一笑。

因此，寫作時不必給自己「一定要用典」的壓力。如果你真的想用典，應該是抱著一種遊戲的心態，把前人講過的話、寫過的東西拿來捏捏揉揉，玩弄一番。比如我就很喜歡這首詩：「欲寄君衣君不還，不寄君衣君又寒。寄與不寄間，妾身千萬難。」除了詩本身很美以外，「〇與不〇間，妾身千萬難」實在是一個太好玩弄的典故了，我可以任意填上任何動詞。

比如說，像「典故」這種本身很有趣、但又常常被過度誇大的文學手法，我還真是感受到「談與不談間，妾身千萬難」啊。To teach, or not to teach; that is the question.

練習》

回想你讀過的文學作品，挑出一個你最喜歡的句子，古典文學或現代文學都可以。請你試寫一個段落，設法把它融入段落之中，做成一個典故。你可以依照你的需要，對那個句子略作修改，只要還保留主要的關鍵字或句型結構，讓讀過該句子的讀者能夠聯想起來就好了。

三十三、結語：只有「你」才是真的

其實，在我教寫作時，有些觀念是跟許多老師不同的。比如說，我是反對讓學生背誦成語的。我人為越是基礎還沒打好的學生，越是不應該背成語。

很多人認為，成語不但是寫作的「基本功」，更是「人文素養」或「語文能力」的表徵，所以當然是越多越好。

但在我實際教學時，反而最怕遇到那種一下筆就充滿了成語的文章。因為這樣的孩子，他寫作時基本上是進入「封閉模式」的，他只是把所有曾在課堂上聽過的那些語詞通通排上去。程度不好的學生排得七零八落，生怕哪句話沒寫到就會被扣分；程度好的則火力大放送，好像那些詞語能不能表達他的想法一點都不重要，反正「老師喜歡看這個」。

如果你也有過這樣的感覺，我代替那些大人向你道歉。寫作不應該是這樣的。寫作最重要的就是「你」，唯有你的感覺、想法才是真的。我們前面講了那麼多技巧，都只是為了讓你可以有工具講出自己的感覺和想法。

不管我們在現實世界是怎樣的人，在自己的文章裡，自己就是最高的神。這就是為什麼前面的許多練習，我都會設定比較寬鬆的條件，不斷提示你「找到自己習慣的方式」或「找到自己的風格」。因為「好文章」並不只有一種寫法。要把文章寫好，技術只是輔助橋樑而已，更重要的是透過這些橋樑，去測試自己比較喜歡哪一種說話方式。一旦你找到了，就會有一種打通血脈的感覺，怎麼寫都不會太差。

比如在這本《作文超進化》中，我跟朱家安顯然就是風格完全不一樣的寫作者。我是聊天流寫作者，喜歡在文字裡跟你對話；朱家安則是認真精密的思考工程師，會帶著你一步一步修正錯誤。不管哪一種，我相信都是你很少在「國文課本」裡面看到的風格。但這並不妨礙我們兩個人寫出還不錯的文章，至少我們如今都是職業寫作者。

在這本書的最後，我沒有什麼新的東西要教給你了。

（當然，這並不是說文學寫作就只有這些技術而已——事實上這些都還很初階呢。只不過，接下來就是對文學寫作有興趣的人，再去學的進階技藝了。那並不是每個人都需要接觸的，就像我到現在還是搞不太懂的圓錐曲線一樣。）

我最後只想說：希望你此後能多少保持一點寫字的習慣。我是說在考完大考之後。你不一定要用上我們教過的技巧（當然如果願意多用我們會很開心），也不必寫得多麼嚴肅認真，就是偶爾抒發一下自己的感想也好。這世界有時候很殘酷，未來不總是會照著我們的期望發生。而無論如何，你的文字是絕對不會背叛你的。在你寫作時，你可以潛入一個專屬於你自己的世界，放聲大哭、放聲大笑、嬉笑怒罵。

寫作沒有什麼了不起的，它不過就是一種表達工具而已。然而，透過這種表達工具，我們就可以更加了解別人，以及，更加了解自己。

所有陳言套語都比不上一句真心的話。特別是你自己講給自己聽的。

練習》

這一題不用寫。請你在平常與人相處的時候，試著多跟別人聊以下的話題：「你有什麼感覺？」、「你是怎麼想的？」如果對方也想要知道你的，你也可以試著多抒發自己的感覺和想法。

國家圖書館出版品預行編目 (CIP) 資料

作文超進化 / 朱家安、朱宥勳作 . -- 初版 . --
臺北市 : 奇異果文創 , 2019.02
228 面 ; 14.8×21 公分 . --（緣社會 ; 18）
ISBN 978-986-97055-7-8(平裝)

802.7　　107022744

緣社會 018

作文超進化

作　　者　朱家安、朱宥勳
封面設計　廖小子
內頁設計　Akira Chou
執行編輯　周愛華

發行人兼總編輯　廖之韻

創意總監　劉定綱
企劃編輯　許書容
法律顧問　林傳哲律師 / 昱昌律師事務所

出　　版　奇異果文創事業有限公司
地　　址　臺北市大安區羅斯福路三段 193 號 7 樓
電　　話　(02) 23684068
傳　　真　(02) 23685303
網　　址　https://www.facebook.com/kiwifruitstudio
電子信箱　yun2305@ms61.hinet.net

總 經 銷　紅螞蟻圖書有限公司
地　　址　臺北市內湖區舊宗路二段 121 巷 19 號
電　　話　(02) 27953656
傳　　真　(02) 27954100
網　　址　http://www.e-redant.com

印　　刷　永光彩色印刷股份有限公司
地　　址　新北市中和區建三路 9 號
電　　話　(02) 22237072

初　　版　2019 年 02 月 11 日
I S B N　978-986-97055-7-8
定　　價　新台幣 320 元